講談社文庫

異人伝

中島らものやり口

中島らも

講談社

まえがきにかえて

おれには、まだ生後九ヵ月とかそんなもんだったと思うけど、母親のおっぱいにかぶりついてた記憶があるんよね。おっぱいの向こうに見えてた部屋の様子も憶えてて。そのあと、引越してるんだけど、物心ついてから母親に確かめたら、棚とかの記憶が前の家と一緒だったので母親はさすがにびっくりしてた。

異人伝　中島らものやり口

目次

第三章　社会と家族……95

第五章　らもの現実、そして未来……169

異人伝

中島らものやり口

第一章　おれは天才だった

家には「プール」があった

子供のときから結婚するまで住んでた実家はJRの立花駅前（兵庫県尼崎市）にあって、戦後のどさくさに、叩き売り同然の値段で手に入れたものらしいんやね。敷地は百坪で、家屋は約三十坪。七十坪の庭には、桃、無花果《いちじく》とか、食えるもんばっかり植えてた。

その庭におれが六歳のとき、オヤジが手づくりでプールをつくってくれた。スコップで三日間掘って、コンクリを流し込んで、排水溝もちゃんと付けて。

ま、ちっちゃいプールだったけど、子供のおれにとっては充分泳げたんよ。ターンとかもできたから。で、ほかのスポーツは一切ダメだったけど、毎日泳いでるうちに水泳だけは得意になった。同級生だった淡口くんにも水泳では勝ったからね。淡口くんというのは往年のジャイアンツの外野手、淡口憲治。淡口くんは四年のとき転校してきたから、水泳で勝ったのは五年のとき違うかな。結構仲がよくて。おれは野球のルールを全然知らんかったから、打っても三塁へ走って行ったりしてたわけよ。それでチームのみんなから責められたときもかばってくれたもんな。おれが野球のルールを知らないのをいいことに隠し玉をしたヤツなんかもいてね。そのときも、「中島くんは野球のことなんか何にも知らんねんぞ。そんな中島くんに隠し玉をするとはどういうことや」と、淡口くんは烈火のごとく怒ってた。正義感の強いいい子だったよ。

だいたいおれは友達が「中島くん、野球しよ」と誘いに来ても、コップの底みたいなメガネをかけて「いま『マハトマ・ガンジー伝』読んでるからダメ」と断わるような子供だったのね。だから、サッカーもドッジボールも……スポーツはまるでダメだった。

学校の体育の時間とかイヤだったわ。

で、灘校に進学するんだけど、灘校は白鶴酒造と柔道家の嘉納治五郎《かのうじごろう》がつくった学校なんで、柔道が必須なのね。とにかく毎日、受け身の練習ばっかり。受け身なんてつまらんでしょ。なんの役に立つんやと思ってたけど、酔っぱらって道で転倒したときに、パンッと受け身が取れたことがあって、自分でもそのときは驚いた。柔道は二級まで取ったけど、最近は転倒すると、受け身どころか、そのまま地面に突き刺さるように顔をぶつけてる（笑）。

だから、プロレス好きだったけど、さすがに格闘技をやろうとは考えもしなかったね。

灘校では中学、高校の六年間、音楽の時間、ずうーっと発声練習をやらされたのも大きかったん違うかなぁ。チャイコフスキーとか音楽鑑賞が十分間ほどあって、楽譜の書き方が十分間。そのあとは、残り全部発声練習。腹式呼吸や。お腹さわって「声を出せ」って。肺活量は五千ccくらいあるんだけど、いま歌うのにすごく役立ってると思うよ。

水泳が得意だったおかげでいろいろな体験もできた。おれが三十二、三歳の頃、スキューバダイビングにハマったのも、水泳ができた賜物《たまもの》。ダイバー資格も二級を持ってるからね。水深五メートルくらいの海の底はとても綺麗でね。それ以上深くなると、太陽の光が届かなくて暗くなる。五メートルくらいのところで、岩に摑《つか》まりながら、魚やタコが泳いでるのを見ながら、ニタートッとする。それが気持ちよかった。

ま、変態やね（笑）。

ほかにスポーツはといえば、広告代理店時代、クライアントを接待できるよう、社長に「中島、お前もゴルフ覚えろ」と言われて、毎日、ゴルフの打ちっぱなしに行ってたこともあったけど、全然上達しなかった。一回だけゴルフ場に行ったけど、死の行軍やった。スコアはたしか198。いつまで経っても終わらへん。それって普通の人の倍以上叩いたことになるらしい。

十歳で性の目覚め

性の目覚めってのは十歳くらい。小学四年生。おれは早かったよ。同級生の女の子の太ももをセルロイドの下敷きでペシペシ殴るなんてのを想像しながら、毎日マスをかいてたね。

いっぺんすごいウェットドリームを見たよ。プールで泳いでたら、プールサイドにいしだあゆみがいて。そっちのほうへ泳いで行くと、いしだあゆみ、パンツはいてないんや。で、股の間見たら、レンコンみたいに穴が八つ開いてる。ガトリングガンみたいやと思った。

まだ女の人のあそこって見たことなかったから、想像できなかったんやろね。あの頃のいしだあゆみって十五歳くらい。かわいかったもんな。夢精はしなかったけど(笑)。

センズリの知識はなくて、最初はベッドに腹這いに寝て、腰を動かして、チンチンを押さえつけてイクということを覚えたんだけど。そのうち、手でやったほうがええって発見した。

学校の階段の手すりを滑り落ちてイクってヤツ、畳の上をゴロゴロして一時間かけてイクってヤツとか……いろんなヤツがおるねんね。誰も教えたらへんもんやから、そいつはずーっと部屋でゴロゴロしてる。おれは手を使い始めてからはずっと手なんやけど。まぁ、オーソドックスというか（笑）。

初恋は小学二年のとき。相手は古谷さんっていう、火の見櫓《やぐら》のある変わった家に住んでる女の子。おれは当時、「スカートめくり団」っていうのを結成してて、その団長やったんよ。もうクラスの女の子のスカートをめくって、めくって、めくりめくってたんやけど、古谷さんのスカートだけは絶対めくらへんかった。

それがある日、牛乳屋の入江くんと一緒に帰ってたら、前を古谷さんが歩いてた。そしたら、入江くんは古谷さんのスカートをピッてめくって、おれの横に戻ってきたんよ。振り返った古谷さんはおれを見て「中島くん、エッチ」「おれ、違うよ」「嘘、エッチ」。古谷さんから嫌われてしまった。

次の日、スカートめくり団は解散や。それが初めての失恋やね。めくってないのに。

純情と欲情

小学校は男女共学だったんだけど、思春期にあたる中学から高校が男子校だったんで、変な歪《ゆが》みができちゃったんだね。

素敵な女のコがいると、勝手に天使に見たててしまう。

向こうは現実的で生理的な女のコやのに、そこへ考えが及ばない。

女の人を天使か売女《ばいた》か、極端に分けて考えるようになってしもたんよ。

よくヤンキーが女のコの肩にポンと手を置いて、「元気?」って声をかけたりするじゃない。ああいうことが絶対できない。女のコと二人っきりで話するとなると、石のように黙ってしまうくらい。

で、セックスなんてとんでもないわけ。手を握るのもキスもとんでもない。でも、欲情はつのる一方。十八歳とかでサカリがついたみたいになってるわけだから、

「あの女はヤラセや」

とか噂に聞くと、やりたくてやりたくて、しょうがないわけ。で、ありとあらゆるエッチなこと考えて妄想を膨《ふく》らませる。

中間がない。昔の扇風機みたいで、強と弱しかないんよ。

何回も恋愛したけど、必ず純愛。でも、日にちが経ってある日、気がつくと、その子の上に乗ってぐりぐりしてる。

あれっ、おかしいな、純愛のはずやったのに。いつの間にこんなことになってしまったんやろ。それの繰り返しやね。

それは五十歳過ぎても一緒。

テレビ、プロレスと同時代

プロレスは力道山の時代からリアルタイムで観てる。三菱の掃除機・風神で試合の合間にリングを掃除するんやね。なんかおかしかったね。一番大事なのは時間調整で、ジェス・オルテガが暴れすぎて時間が延びたりすると、遠藤幸吉がちゃんとクッションの役目を果たす。

遠藤幸吉は「イテテの遠藤」と言われていて、イテテ、イテテが始まると、もう終わるという合図。イテテが始まったら、いよいよリキさんの登場や。中継終了間際の八時五十五分くらいに怒りだして、一分で空手チョップで仕留める。で、コマーシャルで終わり。子供心にもおかしいと思ったよ（笑）。

シャープ兄弟が来日した頃はうちにはまだテレビがなくて、近所の電気屋さんで観た記憶がある。

うちがテレビを買ったのは結構遅かった。テレビが黄金時代に入る頃で『てなもんや三度笠』『シャボン玉ホリデー』とかよく観てたよ。おれはどっちかというと『シャボン玉ホリデー』が好きだったね。あの頃ってビデオがなかったから、全部生中継でしょ。観てると、いろんなことが起こったんだよ。

漫才師の中田ダイマル・ラケットが岡っ引をやってた『びっくり捕物帖』だったと思うけど、セットの障子がはずれて、障子の向こうにあった鉄骨とかが丸見えになってしまう。ラケットが必死になって障子を押さえてるんだけど、ダイマルは気づかへんもんやから「お前、何しとんねん。はよこっち来いや」「いまちょっと動けん事情があって」って（笑）。

手塚治虫原作の『不思議な少年』ってドラマでは、主人公が「時間よ止まれ！」言うと時間が静止して役者全員が動きを止める、動けるのは主人公だけって設定なんだけど、後ろにあった柱時計がカチコチカチコチ動いてる……とかね（笑）。

この前、ザ・ピーナッツの引退記念コンサートのテープを聴いてたんだけど、あまりにレベルが高いんでびっくりした。

ほんとに生で鍛えられてたんだと思ったね。

向こうものの『拳銃無宿』『ライフルマン』『ボナンザ』『ローン・レンジャー』『ローハイド』『0011ナポレオン・ソロ』『アンタッチャブル』なんかもよく観たね。アメリカ製のホームコメディ『可愛いアリス』『ルーシー・ショー』『うちのパパは世界一』『ミスター・エド』とかを観てると、ドラマに出てくるアメリカの家は「夕食ですよ」ってママが持ってくるのが七面鳥の丸焼き。

そんなのを観ながら、らっきょでごはんを食べてる自分。

こんな国と戦争したのが間違いだったとつくづく思ったよ。

ソロバン事件

小学校は四年生のときが一番おもしろかったなあ。担任は高倉韃靼夫《ただお》先生といって、RCサクセションの歌にある「ぼくの好きな先生」みたいな先生で、「先生の弁当を見に来い」って言うので見せてもらったら、玄米ごはんに、おかずはゴボウ、人参、大根とか根菜類が詰まってた。「これを食べとったら、人間は長生きする」って。

玄米ごはんなんて、そのとき初めて見た。その先生、宮沢賢治のことを書いた小学生の作文に感銘を受けて。一年間ずうーっと宮沢賢治研究ってのをやってたりもしてたよ。

五年の担任はSって中年の女の先生だったけど、クラスに知的障害の子がいたんよ。ソロバンの授業のとき、その子がでけへんもんやから怒って、ソロバンでその子を殴った。それもソロバンの角で。おれはそれを見て、なんてひどいことをするんやと思った。学校ってものの欺瞞《ぎまん》に気づいた事件だったね。

小学五年、六年と学習塾に通ってて、塾で二時間、家に帰ってもごはんを食べてから四時間くらい勉強してた。けど、別になんの苦でもなかったね。やっぱり国語が好きで、中学に入ってからも漢文とか好きだった。

数学、物理……理数系は苦手だったけど、いま頃になっておもしろいなぁって思う。量子力学、天文学とかね。

『超老伝〜カポエラをする人〜』でアインシュタインの理論をモチーフにしたりしたけど、数学がなんでおもしろいかっていうと、明快でさっぱりしてるから。国語みたいに人間のウジャウジャがないのがいい。

けど、ファジーな数学までいってしまうと、ついていけなくなる。ユークリッドは解るんだけど、非ユークリッドになって平行線は交わるまでくると、えっ？　って（笑）。

それに音楽ってすごく数学的なんよね。大事なのはインスピレーションとビートなんだけど、作曲なんて数学的な頭でやるから。コードが三度上がるとかね。

文学こども

最初は『世界少年少女名作全集』とか夏目漱石の『吾輩は猫である』とか親に与えられた本を読まされてたんよね。

当時は全部ルビがふってあったでしょ。だから、十歳でも読めたわけ。『吾輩は猫である』なんて夢中になって読んだ記憶があるね。

そのうち、貸し本屋で山田風太郎とかに出会って、目からうろこが落ちたんよ。大人でもこんなバカなことやってるって。

筒井康隆さんも初めて読んだときはひっくり返った。読んだのは十二、三歳のときかな。

ジュール・ヴェルヌの『海底二万マイル』とかにもはまったね。

灘中には「銀の匙」って科目があって、中勘助の『銀の匙』を読んで週に一度、感想文を書いたりもしてた。

『銀の匙』にはショックを受けたね。あの日本語の美しさ。それまでバカなもんばっかり読んでたから。

泉鏡花、島崎藤村、内田百閒《ひやっけん》とかが好きで、泉鏡花の文章を読むってのは一種曲芸を見てるみたい、と思ったこともあるね。まだものを書き始める前、シャレでマネしてたこともある。

いまそういう人の小説を読むと、漢籍の知識がすごくて、とても太刀打ちできない。漢籍の知識のある人が、やわらかい読み物を書いたら、ちょいちょいっとできちゃうんだよね。

芥川龍之介なんて中国の古典の直しばっかりでしょ。

灘中進学、学年で八番〜超秀才から落ちこぼれ

灘中に進学したのは親の考えだったね。小学校一年くらいから勉強漬けで。ＩＱは１８５もあった。

ＩＱにはおもしろい話があって。幼稚園のとき、受けたＩＱテストは、右にはひよこが二羽、左には十羽描いてあって、数が多いほうに○をつけるようなものだったんだけど、おれは律義に一、二、三、四……っていちいち数を数えてから○をつけてたの。そしたら、あっという間に制限時間が来てしまって。そしたら、ＩＱが60とかそんな結果だったらしいんよ。

親が呼び出されて「ちょっと問題がある」と言われて。

「数えてたんや」

「ああいうのは数えないでパッと見て多いと思ったら、○つけたらええのよ」

「そんなんやったら、最初から言うてくれたらええのに」って（笑）。

で、小学校のときの結果が185だった。そのときも親は呼びだされたんやね。親が学校から帰ってきたんで「IQの話やったんやろ。ボクどのくらいあったん？」って訊いたけど、教えてくれなかった。教えたら、勉強しなくなると思ったんかな。

それから、酒、シンナー、睡眠薬、コデインとかでめちゃくちゃしてきたから、ちょうどいいIQになった。

四十代で躁鬱病になったとき、病院で積み木みたいなものを移動するようなことをやらされたんだけど、それがIQテストで。主治医が「この前の結果ですけど、らもさんはIQ70です」言うんよ。

思わず「IQ70では小説は書けないと思うんですが」ってなんとか取り繕《つくろ》おうとしたんだけど、「そう思うんですが、結果はそう出てますので」って。

IQ185にもなると、超能力現象が起こる。脳は巨大なコンピューターだから、人の考えを先回りして、答えだけ言っちゃうの。

電車に乗ってて「次、豊中《とよなか》だよ」「これから訊こうとしてたとこや」……そんなことがしょっちゅうあった。

離れたところで女のコが五百四十ページくらいある分厚い本を半ばまで読んでたとするると、いま読んでる情報を解析して「いま百八十二ページ読んでるやろ」とか言い当てたこともある。女のコは「ギャーッ！」って声を出してたね。なんで百八十二ページと思ったかはわからないんだけど、オカルトじゃないんよね。

ほんと親や先生に言われるままの勉強ロボットみたいな小学生だった。全国共通模試の成績で一度、全国で二位になったことがあったけど、上にあともう一人いるんかって思ったな。

で、灘中に入学したときの成績が学年で八番だった。

灘中は一学年百五十人くらい。高校になるとき五十人編入してきて、最終的に二百人が、東大に百人、京大に五十人、あとは早稲田、慶応とか、有名大学の医学部に進学するような学校。

一つ上には高橋源一郎がいた。なにも話をしたことはなかったけど、食堂で並んでうどんを食ってたりとかはあったと思うね。

そんなだったのが、十五、六歳の頃、ボードレールや山田風太郎を読んだり、ボブ・ディランを聴いたりしてるうちに勉強なんてするひまがなくなった。中学三年まではけ勉強してたけど、高校生になってからは試験も受けなかったから、成績のつけようがないんよ。

ビートルズよりストーンズのほうが好きになって。そのうちドアーズとかヴェルヴェット・アンダーグラウンドとか、ダークサイドの音楽ばかり好んで聴くようになって。読むものもすべてそうなってきた。

ボードレール全集は学校にあって読んでたんよ。ランボーもあったけど、ランボーは受けつけなかった。要するに陽と陰で言うと、ランボーは陽、ボードレールは陰。ロートレアモン、バタイユ、ブルトンの全十何巻とか……ものすごくたくさん読んでるんだけど、ラリってるから、作者名とタイトルくらいしか憶えてない。ボードレールでも印象に残ってる詩ないもん。

よく「本棚を見るとその人がわかる」とかいうけど、あれは嘘。なにを考えて読んでるのかわからないから。

もうその頃は、うさぎの毛皮のちゃんちゃんこ、破けたTシャツを着て、ボロボロのジーンズ、髪の毛は乳の下まであって、ライヴを見に行く日とかはロンドンブーツを履いて通学してたから、周りからはかなりヘンに見られてたと思うよ。

学校に行くのは友達と待ち合わせするためだったからね。で、新聞部の部室にたまっては、酒を飲んだり、タバコ吸ったり、シンナー吸ったりしてたわけよ。ワインでも底のほうに澱《おり》があるように、灘高のそういうヤツばっかりが集まってきてたんよね。

哲学論争をしてるヤツもいて、みんな、理論武装のためにとびっきり難しい本を読んで「デリダはこう言った」とか、理解不能な話をしてた。

稲垣足穂《いながきたるほ》は「共産主義についてどうお考えですか?」って訊かれて「共産主義?あんな人間に関係のないもんはあきません」の一行で終わりだった。確かにそのとおり。そういうのが痛快と思ってた。

一九七〇年に十八歳だった

時代として一九七〇年ってのはすごい切り口やね。七〇年安保で、万博で、三島由紀夫が自決した年。おれは十八歳だった。

新聞部部室にたまってる連中は全員左翼だったんだけど、そいつらとおれとうまくいかなくなったのもその年。共通事項として酒、タバコ、シンナーがあっただけ。あと、ロックとね。ちゃんとした新聞部員は一人もいなかったね。

最初、民青が支配してたんだけど、ゲバの連中が追い出してしまったんよ。そこをアジトにして、タバコを吸ったりしてるからおれも行くようになったんだけど、マルクス主義者かなんか知らんけど、理論武装なんかなっとらんのよ。しまいに内ゲバになる。

デモをしても集まるの、せいぜい八人や。ヘルメットしてマスクしててもチョンバレ。花輪や、八幡や、前田や（笑）。

詩でガールハント

初め て女の子に手紙書いたのは……十八歳くらいのとき、「少年マガジン」に谷川俊太郎さんが先生の詩のコンテストがあって。それに応募したら一等賞になったのね。それを読んだ岡山県の女の子からファンレターが来て、その返事を書いたら、また向こうから手紙が来て、♪送って行って、送られて、そのまた帰りに送って行って〜♪……だんだん擬似恋愛みたいになっていったんよ。

そしたら、彼女が「あなたに処女を捧げたい」って書いてきて。また悪いことに神戸大丸に就職してきよったんよ。

おれは三宮で遊んでるでしょ。とにかく会おうかってことになって、会ったら、オコゼを橋げたにぶつけた上にカツラかぶせたような顔やねん。

で、おれ、逃げたんだけど。彼女は追いかけてくる。次の日も次の日も。

「今日忙しいから」って逃げて逃げて逃げまくった。かわいかったら、やってたかもしれんけど。

しかし、人類を超越した顔の女とはできるもんやないよ。まだそのとき、童貞だったから、顔を見るまではドキドキして、いよいよ初体験や！　って出かけて行ったんだけどね（笑）。

童貞を失ったのはそのあと、相手はいまの嫁さんです。はい。

大阪芸大進学〜カエルとマムシと文学

高校卒業後は……神戸のYMCA予備校に籍は置いていたけど、全然行かなくて、ジャズ喫茶に行ってはボーッとしてたんよ。そしたら、フーテン友達が「大阪芸大に学費免除試験があるから、それ受けようと思う」って話をするの。じゃ、おれも受けようってことで、大阪芸大を受験することになる。おれもその友達も髪の毛は長かったけど、面接のとき、友達は後ろできゅっと縛って、学生服の詰め襟の中に隠してんねん。笑《わろ》てしもたよ（笑）。

放送学科にしたのは、まあ一番向いてるだろうと思ったから。カメラをいじったりできるんなら、行ってみようかと思って。学費免除はかなわなかったけど、入学は許可されたから、ほかの大学はどこも受験しなかったね。

大阪芸大は、大阪の南部、南河内郡河南町というところにあるんだけど、カエルとマムシしか住んでいない田舎にあって。家からは遠いんだけど、大学近くに下宿しようなんて全然思わなかったね。だいたい学校へも行かず神戸・三宮で遊んでたからな。出ないとダメな授業だけ友達から教えてもらって。

大学時代に読んでたのは、アンドレ・ピエール・ド・マンディアルグ。いまでも一番好きな作家やね。こないだ、遺作の『すべては消えゆく』(中条省平・訳／白水社)ってのを読んだんだけど、心がギザギザになるような作品だった。日本の作家で敢えて言えば、谷崎潤一郎が近いかな。

マンディアルグに惹かれるのは、まず虚無的であること、耽美的であること、バックボーンの理論が非常にしっかりしてること、感性と発想力に長《た》けていること。で、なんやかんや言っても読めば感動するという点やね。

おれは決してネガティブな人間ではないんだね。「太極」のマークは「光」と「影」からできてるけど、おれはどっちかと言うと、「光」のほうにかける人間なの。例えば釈迦が、「諸行は無常、生者必滅、会者定離《えしやじようり》、空即是色、色即是空やと言う。わかるよ、確かにわかる。

それを井伏鱒二は漢詩訳で、「サヨナラだけが人生だ」とか言ってる。そんなの、言われんでもわかってるよ（笑）。だからどうやねん。

おれは明日、どうなろうといいし、昨日のこともどうでもいい。今日、いまが一番大事なんであって、いま存在するってことに重きを置いてるんだよ。

「虚無」は字で書くと、「虚が無い」って書く。どういうことやろね。ニヒリズムとも違う。ニヒルは英語だよね。どういう語源なのかな。釈迦の教えによれば、虚無もないわけや。でも、おれには虚無はずっとある。

ただ商売として小説を書いていると、人を不愉快にさせたくない。主人公が最後に白血病で死ななくてもいいじゃないか。そんなことをさせておいて、日本の文壇の人は、おれのような娯楽作家に対して「深みがない」とか「人間的洞察力がない」とかいろんな言い方するけれど、作家なんて本質は「乞食」なんよ。人様のお余りで食わしてもらってる存在でしょ。それなのに、偉そうに言うヤツ多いからなぁ。

おれのコピーライター時代の先輩のニシクボさんは、夜、寝るとき、布団かぶって「あー、このまま目が覚めなかったらいいのに」とよく言ってた。でも、目が覚める。小便行きたくなって。それが人間だよね（笑）。

図書部員が本持ち出し

うちの家にある本の五分の二は盗品やね。万引きと図書館の本。図書館の本は返さないどころか、おれ、高校のとき、図書部員でパクってた。

図書室は二階にあったから、司書が便所に行ってる間とかに一階に風呂敷広げさせておいて、リラダン全集とか、ネルヴァル全集とか稲垣足穂全集とか、高い本ばっかりぽんぽん投げ下ろして持って帰った。

読みたかったんよね。別にビブリオマニアじゃないし。

ところが当時、やたらシュールレアリスムのブームで、アンリ・ミショーとかね、『みじめな奇蹟』『荒れ騒ぐ無限』とか、しょーもないんだけど、五千円以上する超豪華本で出てるわけ。

そんなの、手が出ないでしょ。でも、読みたいからパクろうと。

やっぱり本は自分の物にしたかったからね。

大阪芸大でもパクりにパクったね。文学的にいいものは全部パクった。

吉田一穂っていう詩人が好きだったんだけど、詩集は内容が少ないのに値段が高い。

画集も高いでしょ。で、パクる。

絵は、ジャコメッティ、キリコ、ポール・デルボー、バルディスとかそういうのが好きだったね。

ピカソやダリは好きじゃなかった。

漫画家か、ミュージシャンになりたかった

小学生の頃から中学三年頃まで漫画家になりたいと思ってた。

貸し本漫画の、佐藤まさあき、水木しげる、楳図《うめず》かずお、楠勝平、平田弘史とかが載った「影」「街」とか読んでて憧れてたんだね。

同じ頃、山田風太郎の『甲賀忍法帖』とかの忍者ものにもはまってて。時代小説って重々しくて、策略あり、暗殺あり……そういうのばっかりだけど、山田風太郎のはそういう時代劇とは違うでしょ。

たとえていうなら、サッカーの試合。『甲賀忍法帖』は十八回もくり返しくり返し読んだからね。

そういう影響もあって、おれが描いてた漫画はずっと忍者ものだった。そうこうしているうちに「ガロ」と「COM」が創刊されてんね。どっちも新人漫画家の登竜門

となって原稿を募集していたでしょ。

　ガロは白土三平のようなめちゃくちゃドロドロ路線、片やCOMは手塚治虫や石森章太郎の明るく正しい路線や。

　自分の作風を考えると、ガロならいけるんちゃうか、と。それで、ガロ用に描き込みを多くして、暗く、暗く描いたわけ。その甲斐あって入賞になったんだけど、編集部から「長いからページ数半分にしてくれ」って言われて。

　半分にしようと思ったけど、そんな面倒なことでけへん。そこでコンが尽きてしまった。いまでも憶えているけど、応募したのは、ものすごく単純な忍者もので、いい者がいて、悪者がいて、いい者が勝つ……みたいな話（笑）。

　漫画家はそのとき、きっぱりあきらめた。

　まだ、音楽のほうがええわって。音楽にしても、めちゃくちゃドロドロ路線と、明るく正しい路線があるでしょ。おれは、めっちゃ上手なレッド・ツェッペリンよりも、ザ・バンド、ラヴィン・スプーンフルとか、下手同士で集まって、なんとか格好だけはつけよう、みたいなバンドが好きだったたから。そういう嗜好は何事においても変わらないよね。

音楽のほうもギターのコードCとAmを覚えた時点ですぐオリジナル曲をつくり始めちゃった。十四歳のときかな。

普通はバレーっていって人差し指の腹で六本の弦を押さえるコード「Fの壁」ってのにブチ当たるんだけど、おれは曲を早くつくりたい一心で乗り越えた。だからオリジナリティだけはあるんだけど、エリック・クラプトンのコピーをしようとか、そんな努力はしないんだよ。

バンド「ごねさらせ」を結成したのもその頃。フラストレーションが溜まってるから、そんな名前にしたんやね。「ごねさらせ」は、関西弁で「死んじまえ」の意味。実質二年くらいやってたかな。

解散した理由はメンバー、八幡の音楽的素養のなさが原因。おれは中三のとき、画期的な作曲法を思いついたんよ。古今東西、名曲やスタンダードっていっぱいあるでしょ。曲は長調と短調のどっちかだけど、長調の名曲の旋律の波形をそのまま短調にスライドさせたら、それはそれですごい名曲になるはず、と。

で、八幡と二人で「じゃやってみようか」って当時流行《はや》ってたビートルズの「オブ・ラ・ディ、オブ・ラ・ダ」を、CをAmに変調してやってみたんだけど、八幡は悲しそうな顔して歌ってるだけで、メロディはまんまそのまま長調なの。

こいつ、あかんわって（笑）。

その後、その作曲法は試してないんだけど、理論としては間違ってないと思うんだけどなあ。

だから……まず漫画家になりたい、ミュージシャンになりたいってのがあって。小説家なんて夢にも思ってなかった。

ドストエフスキー、トルストイとか、吉川英治とかそういうものを読んでたけど、こんなものを書く人は普通じゃない、と思ってたからね。

第二章　酒とクスリとフーテンと

酒屋のおじさんからアル中ビビビ!

オヤジは歯医者をしてたけど、歯医者って辛気臭《しんきくさ》い仕事やからね。技工士もしてたんで、鉛を溶かしたりしてるわけ。横で見てる分には楽しいけど、自分でする仕事じゃないと思ったね。

歯医者は兄貴が継いだ形になってる。兄貴はおれと三つ離れてて、芦屋の高校に行って、親のあとを継ぐべく大学もそっち方面に進学したから、おれとは全然違うコースだった。

歯医者としての腕は確かなものだと思う。歯の治療をしてもらうと、バリバリって全部治してくれるよ。

祖父は酒屋。うちは代々、酒の販売店をしてて、うちのオヤジは次男だったからオヤジの兄さんが酒屋を継いでたんよ。けど、その伯父が酒屋を飲みつぶしてしまいよった。

浮浪者同然になって、よくうちに無心に来てたわ。おれとおふくろしかいないときに伯父が訪ねてきたこともあって。レンガみたいなものを投げ入れて「金、出せ！　ここで裸になって寝転がったろか」とか一騒動あったこともある。おふくろはガタガタ震えてるし、おれが応対するしかないんよ。

で、おれが出て「おじさん、やめてください」って言ったら、「お、ゆうちゃんか」って手を握ってくるわけ。その途端にビビっとアル中が伝染《う》ってしまった（笑）。

うちのオヤジは梅酒を飲むくらいで、晩酌をしたり、酔っぱらったところは見たことないし。兄貴は飲むけど、そんなにむちゃ飲みはしないから。あのときにアル中が伝染ったとしか考えられない。

酒修行

酒を飲み始めたのは十七歳。高校の修学旅行で九州の島原に行ったときだった。酒は日本酒で、肴《さかな》はパイナップル。パイナップルは宿で包丁を借りてきて切った。どれくらい飲んだのかよくわからないけど、とにかく、途中でおれは一升瓶を持って押し入れの中に閉じこもったきり、出てこなくなったの。誰かが入ってくるとガルルとか言って。ガンガン飲んでたから、もうほとんど大トラ状態。

そこへ体育の教師が来て「出てこい」って。おれは「この安月給！」とか悪態ついてたらしい。で、「まず水を飲め」って言われて。「それからゲエ吐け。後ろから押したるから」って。ゲエって吐いて。「あとはぬくくして寝とけ」。

いい先生でほかの先生にチクったりしなかったよ。明くる日は二日酔いなんてもんじゃなかったな。次の日、長崎で皿うどん食べて十五分後に全部もどしたから。

悔しいからそれ以来、酒の修行を始めた。トリスのポケ瓶から始めて、ポケ瓶二本、トリスの一本瓶、それからトリキン（トリスのキングサイズ）と順番に慣らして強くなっていった。なんせトリスは安かったから。うまくはなかったけど、味がないのがよかったね。トリキンにはほんとお世話になった。あんまりトリキンばっかり買うもんだから、酒屋がオールドの景品のグラスをつけてくれたことがあった。憐《あわ》れんだんだろうね。呑み屋に行っても、ツマミは頼まないのね。それじゃカッコつかないから、納豆だけ頼んで。

納豆は四、五人で飲んでても、一粒ずつつまんで飲むと、半永久的にもつじゃない。納豆菌がさらに納豆をふやしたりするでしょ（笑）。

で、名づけて「にらみ納豆」。みんな手をつけない。だいたいうまい、まずい、と思って酒を飲んでないからね。早く酔っぱらいたいと思ってるだけだから。飲んでから唐辛子食って走ったりいろいろしたよ。

芝居のあととか大仕事のあとのビールの一杯目はおいしいね。でも二杯目はもういらない。ビールはアルコール分がせいぜい五％か六％くらいだから酔わないでしょ。日本酒、ウィスキーをうまいと思ったこともあるけどね。ただレッドだけはイヤだな。トリスより高いんだけど、クスリ臭い味がする。稲垣足穂はレッドを飲んでたんだよね。あの人も味なんかどうでもよかったんだと思うよ。

コリン・ウィルソン『アウトサイダー』でコペ転

酒やクスリに手を出す一番のきっかけになったのが、コリン・ウィルソンの『アウトサイダー』。あれを読んでコペ転（コペルニクス的転回）が起こって、文学の見方ってのが変わって。もう一度、ボードレールを読んでみよう、ってなったんだよね。なるほどって思ったんだけど。

コリン・ウィルソンは、なにがなんでも無理矢理、実存主義に結びつけていくっていう、荒業師みたいなヤツでね。

本人は乞食やってんの。土管の中で書いてたんや、あれ。で、そのあと、どっかでおかしくなって、『オカルト』『世界不思議百科』『殺人百科』とか、超常現象とかなんでも受け入れるようになった。

あーあ、って思ったね。『アウトサイダー』みたいな本を書いた人が、なぜフランスのある町に空から魚が降ってきたっていう怪奇現象をずらーって並べて、何百ページも書いてんのやろ。頭、どうしちゃったんやろって。

『アウトサイダー』を書いたときが一番冴えてたんでしょうね。

あとは、ドアーズとかボブ・ディランの影響は大きかったね。ボブ・ディラン聴いてて、フォークだなんて思わなかったもん。

ビート系で、それにシュールな詞もよかった。

だから、日本のフォークは大嫌いやったね。

酒とケンカ

いたって酒癖はいいほうだから、滅多にケンカになんてならないんだけど、一回や二回はもののはずみで表へ出ろ！　ってなったことがある。

で、ケンカするんだけど、おれは武術っていったら柔道しか知らないわけ。しかも二級。いくらなんでも、いとうせいこうの通信教育の拳法よりは強いと思うけど、話にならない。

で、三十歳のころ、ケンカしたんだけど、相手のヤツも打撃系じゃなくって、組み合ってゴロゴロ転がるだけ。お互いなんとか相手を極《き》めようとするんだけど、そんなもの、ちょっとやそっとで極まるわけないじゃない。

最初は店にいた不良外人とか女のコがわーっと出てきて、どうなることかと見てたんだけど、そのうち一人減り二人減り、誰もいなくなってしまった。こんなもん見ててもしょうがないって（笑）。

不思議と呑み屋でからまれたりもしなかったね。同じように髪の毛伸ばしてるヤツでもからまれるヤツはからまれるんだけどね。ツレに、「にいちゃん、悪いけど、わし、いま腹立ってんねん。なぐらしてもらうで」ってヤクザに大きなダイヤの指輪した手でボーン殴られたヤツがいた。顔に三角形の穴があいて。「殴られたあ」って喫茶店に入ってきたことがあったわ。

おれがからまれたのは一回だけ。二十歳だったかな。フーテンの友人と神戸の新開地の商店街を歩いてたんよ。すると、後ろから、「おい！　おい！」って声が近づいてきて、「兄ちゃん、われ、なんどいや」っておっちゃんに聞かれたの。

酒臭い息でしゃべってたけど、「なんどいや」って言われても何者でもないねんから。そんな実存主義みたいな問われ方しても「はい、私、何々です」って言えないわけよ。

困ってたら、友達が「こいつ、アホでんねん」。ほんなら、おっちゃんが「ああ、アホか、アホやったらしょうがないわ」って許してくれてん。複雑な心境やったね。

酒を盗んだことはさすがにない。……いや、あるわ、一回。東京のバーにジャニス・ジョプリンが飲んでた甘いウィスキーがあって。「珍しいもんがあるな、エミちゃん、あれ、パクって」って一緒にいた女のコにパクらして。夜、ホテルで飲んだことがあるな。

背筋を母親が走る

タバコを覚えたのも酒と同じ頃。おれはロングピースを吸うんだけど、ロングピースを吸うようになったのもたまたま。こだわりなんてないよ。

いまはコデインの禁断症状ですごい体調なんやね。関節痛があったり、下痢になったり、だるくなったり……それに毎日耐えてる。一番ひどいのが、背筋を母親がばーっと走るんや。オカンが走るの(笑)。

コデインは二十八歳くらいから始めた。せき止めシロップをもう小児用プールぐらいは飲んだんじゃないかな。多いときは月に代金三十万円かかる。何回もやめているけど、なにかの拍子でまた始めてしまうんやな。

基本的にアルコールには強いみたい。早く酔いたいのになまじ強いから、なんで酔わないかって思ったりするよ。オールP(栄養ドリンク)みたいなので酔えたらいいと思う。注射でもいい（笑）。

ほろ酔いにまずなって、その状態が長く続けばいいなって思う。ずっとビールばっかり飲んで、いい感じに酔ってる人とか見ると羨ましいね。

いま、量としては、日本酒で四合か五合くらい。日本酒はほどよい度数。自分のからだに一番合ってるのかもしれないね。

だいたい毎日夕方六時頃から飲み始める。ま、仕事が済んだら早めに飲みだすけど（笑）。

酒を飲み過ぎて意識がなくなったみたいなことはないんだけど、四十代の抗鬱剤の副作用のときは酒と薬の相乗作用でしょっちゅうぶっ倒れてたね。野っ原でエビみたいになってクルクル回ってたこともある。で、店のおっさんが来て「なにしてんねん。家まで送ったるわ」って送ってもらったり……。

それはまだ一部だけ記憶があるんだけど、全く憶えてないのがラーメン屋でぶっ倒れたとき。ラーメン食ってて、いきなり丼鉢の中にボーンって顔を突っ込んで。みんなで抱え起こしたら、鼻の穴から麺が出てたんだって。

そのときもラーメン屋に家まで送ってもらった。

ミステリーで連続飲酒

一番飲んでた時期で一日にウィスキー一本半くらい空けてたかな。

アルコール性肝炎でぶっ倒れる前は一日に二本飲んでた。それも連続飲酒。歯も磨かへんし、枕元にボトルを置いてるから、目が覚めたと同時にぐっと飲む。

連続飲酒ってのは、アルコール依存症の人もそうだけど、身心両面における病気やからね。

ただモチベーションはあったんだよ、『長い夜』っていうホテルでやるミステリー仕立ての芝居の台本を書かないといけないっていう。で、書き出してからおれはトリックを書けないってことに、気がついたの。

ミステリーってトリックしかないじゃない。そのほかの余分なセリフはいくらでも書けるんだけど、トリックが思いつかない。で、酒でも飲んだら文殊の智恵で、いいアイディアが出るだろう、と飲み出して二週間。本は最悪だったけど、なんとか格好だけはつけられた。ところが、連続飲酒が止まらない。

脚本ができたのが本番の六日前。あんまり遅れたんで、ほかの人はともかくとして、出演者の内藤陳さんにはどつかれるわって覚悟して行ったんだけど、陳さんはボトルを持って「バーボン飲む？」って（笑）。

連続飲酒一ヵ月でついに顔色がまっ黄色になった。黄疸《おうだん》だ。で、池田市の病院に五十日入院した。「アルコール性肝炎」だった。

退院してから丸二年、断酒してたけど、断酒ってのは意外ときつくなくて。めしを食えばごまかせる。けど、タバコはきついよ。

大麻で捕まって拘置所生活二十二日間で、コデインとかアルコールとか、向精神薬とか悪いもんは全部抜けたけど、最後まで残ったのがタバコ。

勾留の最後のほうはタバコ以外の欲求は全くといっていいほどなかった。めしを食ったあと、ババしたあと、マスかいたあととかタバコが欲しくなる。自分でもタバコが吸えないのがこれほどきついとは思わなかったね。保釈されて拘置所から出たとき、マスコミがたくさんいたけど、第一声が「誰かタバコ持ってませんか」だったもん（笑）。

酒も昔ほどむちゃ飲みはしなくなったね。〆切もなくて、ポカポカとした天気だったら、昼酒でも飲もうか、って飲んで。気がついたら夜になってて……見たら、一升瓶なくなってる。

もう一本持ってこようか。いや、やめとこう。そんな感じ。

最後の酒の肴

酒の肴には固い豆腐があればよかったんだけど、最近はそれもいらなくなってきた。笑福亭松鶴師匠が胃薬のサクロンをなめて飲んでたという話があるけど、もうそんな域。古今亭志ん生師匠は、「酒しか飲んでねえのに、なんで糞が出るんだろう」って言ったんだよね（笑）。

おれが死ぬ前に欲しい肴は、上海の纏足《てんそく》の女の足の小指。それを舐《な》めたい。それを舐めながら日本酒を飲む。いま纏足の人って八十歳くらいのババアだ（笑）。

何が食いたいって欲は若い頃からなかったね。食べものの好き嫌いもあまりないし。

いまは一日に一食。夜六時頃から、めしを食うんじゃなくって酒を飲む。肴は湯豆腐かなんか。それで、お終《しま》い。

池波正太郎の食に関するエッセイは好きだけど、別にフォロワーにはなりたくないね。いっぱい真似するヤツがいるでしょ、レシピ集とか『鬼平犯科帳』の食い物とか。

結婚して一年目、主夫をしていた頃は毎日、おれが食事を作ってたんだよ。料理には例えば、大根一本をどうやって使い切ろうか、とか数学的な頭が必要なのね。味は田舎料理みたいなのはイヤやな。田舎の人って醤油も砂糖もはりこんでって考え方でしょ。ショートケーキみたいな甘ったるい味になる。あれでは酒は飲めない。やっぱり酒を飲むことを考えてしまうね。

行きつけの店は昔馴染みのバーくらい。和風は大衆酒場の正宗屋。それと京橋の立ち飲みくらいか。

アル中だけど、人が思うほど飲み歩いてないよ。

蕎麦屋で飲むとかそんなときは一人。居酒屋はこっちの人数が多いときしか行かないね。蕎麦屋では日本酒二合にざるそばを頼むくらい。あっさりしたもんや。

フォーク・ブルースでラジオ出演

音楽のほうは、「ごねさらせ」を解散してから、フォークギターにハーモニカってスタイルで一人でフォーク・ブルースをやったりしてたんだね。

高校三年のときだったと思うけど、『MBSヤングタウン』というラジオ番組にも出演したよ。

それのオーディションはエレキ部門とフォーク部門に分かれてて。おれはフォークギターなのにギターのサウンドホールにピックアップマイクを付けてアンプからも音が出せるようにしてたという理由だけで、エレキ部門で受けることになった。

なんでおれがエレキなの？　と思いながら、「ジンとクスリ」って歌をハーモニカ入りでやったんだけど、合格したんだよね。めっちゃ上手いバンドでも次々不合格になってたんで嬉しかったたね。

本番は駆け出しの頃の桂三枝さんの司会での公開録音だった。

ほかにも中川五郎さんと中川イサトさんが司会をするフォーク番組に出て一曲やったこともある。

歌い終わると「むずかしい言葉をいっぱい入れるんですね」と言われたから「いいんですよ。どんな言葉を使おうが制限はないんだから」と生意気なことを言った記憶がある。

あと、芦屋の喫茶店でも一人で歌ってた。

大学に入ってからは大阪キタの「課長」っていうナイトクラブでやってたこともある。知り合いの鈴木っていうブルースピアノの達人が最初、一人でやってたんだけど、「ヘルプに来てくれ」って頼まれてね。

その店のオーナーは足を洗ってるんだけど、元ヤクザで「兄貴〜ぃ」って弟分がしょっちゅう来るわけよ。で、「誰もわしにビールを注ぎにこぉへんのかい」とか言い出すと、「お前、行って来い」っておれがお酌をしに行く。なんでおれがそんなことせんとアカンのやって思ったよ。

そこのオーナーは渚ゆう子をスカウトして渡辺プロに口を利いてやったというのが

自慢で、おれら二人も芸能界に売り出そうと画策してるみたいやった。これはヤバイと思って、とっととやめてしまった。

ヘタしたら、グッピー&チャッピーとかそんな名前でデビューさせられてたかもしれへん(笑)。

その頃は一人でデビューしようと思ってたのね。バンドはどうしても小さな政治ができてくるでしょ。メンバー五人いたら、二つの派閥が生まれる。三人いたら、一人と二人の派閥になる。そこで政治を成り立たせるためにはファシストが支配しないとダメ。

みんなの意見を聞いてたら、成立しない。そうなるのがイヤだったから。

村八分とフラワー・トラヴェリン・バンド

その頃、日本のロック界で人気を二分してるバンドと言えば、「村八分」と「フラワー・トラヴェリン・バンド」だった。

村八分はチャー坊っていうのがボーカルで、めちゃくちゃ歌とかヘタなんよ。歌詞も全く意味がない。♪川の底から生まれ出た馬の骨 馬の骨 馬の骨〜♪……そんな感じだったけど、おれは好きでね。山口冨士夫がギターを弾いてて、ほんとにロックンロールしてると思ったから。

片やフラワー・トラヴェリン・バンドは内田裕也がプロデュースする疑似オリエンタルみたいなサウンドが売りのバンドで、おれは大嫌いだったのね。

一度、芦屋川(芦屋市)の上流のほうでフラワー・トラヴェリン・バンドが出演する野外ロック・コンサートがあるというんで、六人ほどでツブシに行ったことがある。ツブシに行ったと言っても演奏中に「帰れ！　帰れ！」って野次ってただけ。

ところが、演奏の途中で停電したんよ。エレキバンドにとって停電になるほど情けないことはない。おれらはここぞとばかりに「帰れ！　帰れ！」って大声を出してたら、ステージのほうからスタッフみたいな人たちがこっちに向かってやってくるわけ。

ヤバイ！　って逃げたけど、捕まってしまって「きみたち、アーティストに対して失礼じゃないか」って言う、ちっさい男がいるんで見たら、内田裕也だった。

いまでこそ親しくさせてもらってる山口冨士夫だけど、当時は向こうは村八分のギタリスト、おれはそれを観る人……立場が全く違うわけ。年齢は三つほどしか違わないんだけど、ダイナマイツっていうGSバンドでデビューしたのが十六歳とかでしょ。おれなんかとはキャリアが違う。

一度、ダムハウスって京都のロック喫茶で、おれの前に冨士夫が座ったことがあって、緊張しまくったことがある。そのとき、冨士夫はトイレに行こうとしてテーブル替わりにしてたビールケースを足で踏み抜いたのね。ラリってるからフラフラなのよ。

で、「おいおい、なんとかしてくれよ」って言うから、おれがケースから足を抜いてやった。

おれがやってた『月光通信』ってラジオにゲストで来てくれたりしたことはあったけど、ちゃんと話すようになったのは一昨年（二〇〇二年）から。

冨士夫がヘロインでパクられたとき、奥さんから量刑を少しでも軽くできるように「嘆願書を書いてもらえないか」って連絡があったのね。それが役に立ったかどうかは知らないけど、わりと早く出てこれたらしくって「お礼を言いたいので」って京都で会って以来のつきあい。

その日、冨士夫はライヴで京都に来てたのね。おれも用事があったからリハーサルだけ観させてもらったんだけど、興奮したね。伝説のギタリストが目の前でジャンプしてるんだから。

ヒッピーとフーテンは違う

「中津川フォークジャンボリー」に行ったのは十九歳のとき（一九七一年）。三上寛がデビューした年や。そしたら、ゲバが起こって。学生たちが舞台を占拠して。吉田拓郎とかは、若者の主義主張であるべきフォークソングをレコード会社に売り渡して、商業主義と結託して儲けて、けしからん、とか言ってるわけよ。

当たり前やん。ほな、どうせえっちゅうねん。朝の六時までやってたなあ。

あの年、まず不吉やったんが、死人が出たんやね。会場のある椛《はな》の湖って湖で溺れ死んだんや。

〝日本のウッドストック〟だとかいって宣伝してたけど、ただのフォークショーだった。ただ雁首《がんくび》そろえてるだけ。聴衆は聞いてるだけ。

ウッドストック幻想があって、そこに行けば何かが変わるんじゃないかって、甘っちょろい幻想を見てただけや。

「愛と自由と平和」、これが要するにヒッピーのスローガンなんやね。そのためのツールとして、お花を使ったり、マリファナを使ったりしてるわけよ。おれはフーテンやん。フーテンは思想がないんよ。ラリってるだけやん。みんな「自由になるんだ」とか、自由が、自由がって頻《しき》りに言ってるけど、自由ほど不自由なものはないんだよ。

大根一本つくれるわけでないし。

プロレスの虚と実

一時期遠ざかっていたプロレスをまた観始めたのは、十八、九歳の頃。たまたまテレビをつけたら、国際プロレスでストロング小林がピーター・ネイビアとやってたの。それが、すごくいい試合で、技のあるヤツ同士の対戦はおもしろいな、と。

で、全日本プロレスを観たら、ジャイアント馬場は試合中休んでるし、新日本プロレスのアントニオ猪木は気が狂ったようなことばっかり言うてるし……なんじゃこれって。それでも十何年間か、つかず離れず見てたね。

おれは生来、B級嗜好が強いんで、国際プロレスでも好きなのは、デビル紫とかそんなレスラーだった。一回も勝ったことないねん。日本初のマスクマンってのが売りなんやけど（笑）。ボボ・ブラジル、大木金太郎、ワフー・マクダニエル……どっちかっていうと、技が一つしかないレスラーが好きやったね。

それからしばらくして、第二次UWFの格闘プロレスブームがやってきた。このときはヤッター！　って思ったたね。やっと電車の中で堂々とプロレスの記事が読める団体ができたと思って。

ミスター・ヒトが「一番強いのは大相撲の横綱。レスリングのタックル系が行こうが、ボクシングが行こうが、空手が行こうが、相撲の横綱は微動だにせえへん」……そう言ってたけど、曙がボブ・サップにボコボコにやられた。

おれは、曙は二、三回ダウンさせられて、そのあと、目尻かなんか切って、ドクターストップでことを収めるんちゃうか、と予想してたんよ。「おれはまだやれる」と言ったらサマになるじゃない。それが、あんなカエルみたいにべちゃっと倒れるなんて(笑)。

相撲は日本の国技だと言うけど、全国の中学を走り回ってデブを集めてるだけだからね。必ずしもいい人材ばかりじゃない。

それがモンゴルは「ナーダム」って言って、モンゴル全土から三千人の力士が集まる。それをトーナメント形式で絞っていくんだから、最後まで残ったヤツはどれだけ強いか。

朝青龍は来日してすぐのとき、ジュースの自動販売機に「ジュースください！」って言ったそうだよ。関係ないけど（笑）。

相撲の四十八手全部調べたことがあるんだけど、おもしろい技があるよ。撞木反《しゅもくぞ》りはカナディアン・バックブリーカー。もちろん居反《いぞ》りといってバックドロップもあるしね。

昔よくプロレスを観てた頃、レスラーになってジャンボ鶴田と試合しなきゃいけないって夢を見たことがある。悪夢だったたな。

まだ鶴田やったから、なんとかうまいことやってくれるやろって安心できたけど、あれがアブドーラ・ザ・ブッチャーとかタイガー・ジット・シンやったら、もっとイヤやったやろなぁ。

幻覚を見た

主観的なことだけど、恐怖に直面したときは怖くない。あっ！ と思うだけ。その瞬間は驚きのほうが大きいよね。あとからぞーっとしてくるの。

幽霊も見たけど、見たときは怖くはないよ。昔、ブドウの房みたいに四十個くらい連なったどろどろの顔が地ベタから二階のベランダに這い上がってきたことがある。「帰れ！」って言ったら、地ベタに帰って行きよってん。ブライアン・ジョーンズの『ジャジュカ』っていうレコードをかけてて。コデインをちょっとやってて見た幻覚だけどね。でも、コデインっていうのは幻覚を見せるようなもんじゃないからねえ。コロコデインに関して言えば、ウィリアム・バロウズが『おかま』って本の中で、コロンビアのマフィアの親分に「コデイン？ あんなものは最低の下賤なドラッグだ。あんなくだらんもんはない」って言わしてるの。

それからしばらくして、ウィリアム・バロウズの伝記を読んでたら、一九八〇ン年、バロウズは二十年にわたるコデイン中毒の治療のため入院したって書いてあって、なんや、おっさんもやっとったんやって思ったね。

ほかにも……寝てたら、女の人の長いフレアスカートみたいなんの裾が見えてるの。自分の部屋だよ。女の人なんているわけない。だんだん目を上げていったら、三角形の鉄板に穴をうがったような顔がついてて、それがおれのほうに迫ってきた。このときも「帰れ！」や。一瞬で消えたけどね。

そのときはなんもやってなかった。入離眠時幻覚ってのは非常に多いんで、多分そういうもんだと思うんだけど。

死にかけたこと

死にかけたときも特に怖いとは思わなかったね。おれは死にかけたことが四回ある。

一回目は、十八歳のとき、ラリって三宮のガードレールに腰掛けてタバコを吸ってたんよ。そのうち、バランスを崩して、あれあれって思ってるうちに、車道のほうに転落しちゃったのね。

こけたらそのとき、車がキキーッて、タイヤが頭の上、五センチくらい残して、ビューって向こうへ走っていった。あ、おれ、いま死にかけてたな、と思ったもん。普通やったら、首をぐしゃっとやられてるわね。

二回目は、スキューバダイビングやってたとき。ボンベの酸素が四十分しかないから二十分目で帰ることにしてたんだけど、海底の風景ってどこもすごくよく似てるから、間違えて沖へ沖へと進んで行っててん。

酸素なくなってくるし、これ、おかしいぞ、って早く海面に上がって見たいんやけど、いっぺんに上がったらピンク色の血、吹いて死ぬねんね。十メートルおきくらいに旋回して、水圧にからだを慣らしていかんとあかんねん。やっとのことで上がったけど、まわりどっち見ても海や。よく見たら、ちっちゃーい、ゴマ粒くらいの陸地が見える。泳がなしゃあない。

おれ、体重六十キロやったから六キロのウエイトを締めて、おまけにボンベ担いでるわけやけど、パニクってるから、そんなもん捨てたらええなんて頭回らへん。ゴボゴボって沈んでは上にあがって息して、なんとか陸に着いたけど、さすがにゲロ吐きましたね。あれは丹後やったかな。七：三の割りで死にかけてた。もしおれが泳ぎがヘタやったら、絶対死んでたよ。

グァム島に行ったら、よく「お嬢さん、スキューバダイビングしませんか。泳げなくても大丈夫」とか書いてあるでしょ。大ウソよ。泳げなかったら、死にに行くようなもんや。それと、グァム島で女の子が水中写真とるのに指でピースマークしてるやん。あれは世界中のスキューバ界の合言葉で、サメが来たっていう印や。ええかげんにしなさい。

スキューバでは一緒に行ってた女子水泳の選手が溺れよったこともある。そのコは国体に出たくらいの実力者なんだけど。やっぱりボンベとかウエイトとか、慣れないものをしてるからパニックになってしもたみたい。それ、おれが助けたんよ。そのときの彼女、顔は笑ってるのに、溺れてるわけ。水泳できてほんまよかったって思う。

その次はシャブやね。シャブのパッケージが回ってきて。友達とどうしようっていって。注射器ないし、水で溶かして飲もうやってことになったんやけど。どれくらい飲んだらええんかわからへん。友達は「売人のおっさんが『これで二人分や』言うてたで」言うから、ほんならって、コップに二つに分けて飲んだんや。あとでわかったんやけど、それ、十六人分やってん。二人で分けたから八人分飲んでしまった。

そしたら、孫悟空の輪っかみたいに頭がミリミリときしんできてね。心臓がドキドキドキドキ。動かれへん。血があっち行ったり、こっち行ったりしてるし。これはあかん、もう死ぬって思ったけど、救急病院へは電話せんとこって。バレちゃうから。

死ぬんやったら、死のうと覚悟を決めて、そのままずっと寝てたら、薄紙を剝《は》がすように徐々に動けるようになった。四時間くらいかかったかな。

四回目は去年（二〇〇三年）、拘置所でやな。拘置所入って五日目だったかな。頭に激痛がするの。血圧が異常に上がってる感覚が自分でもわかる。頭の中でミーンミーンってセミが鳴いてるような。脳溢血の前駆症状だね。完璧にそう。

夜中四時くらいや。看守呼んで、「医者へ、医療部へ連れて行ってくれ」って頼むんやけど、

「今日は日曜日やから医者はおらん」

「看護婦はおるやろ。血圧降下剤飲ましてくれ」

「看護婦もおらん」

「そしたら、警察病院の救急へ、手錠かけたまま、ほりこんでくれ」

「規則でそれはでけへん」

「お前ら、おれを殺す気か」

「朝まで待て」

「朝って何時や？」

「ようわからん」

「これは、お前ら、医療設備の不備による、未必の故意による殺人未遂や。ここの所

長はなんて名前や？」

……そしたら看守が、「わしは知らん」って言いよんねん。

で、やっと診てもらったんが次の日、月曜の昼の一時や。血圧計ったら上が二百三十もある。医者も顔色変わったよ。「舌下錠の降下剤を持ってこい。一番キツイの」って。そのとき医者に「血圧っていうのはどれくらいまで上がるもんなんですか」って訊いたら、医者は「二百五十以上で生きてる人間を私は見たことない」って言いよった。

「これ、いま下がってるほうなんですよ。昨日は二百五十越えてたと思いますよ」ってておれ言うたもんね。その三時間後に血圧計ったら百八十や。もう一歩で脳溢血で死ぬとこだった。

そのときは医者に診てもらうまで結跏趺坐《けっかふざ》して臍下丹田に手を組んで。平仮名の「の」の字をイメージして、ほかのことは何も考えへん。それをずーっとやってると、ちょっとずつやけど、治まってくるような気がしたわ。禅では「の字観《じかん》」っていうんよ。

アルコール性肝炎で入院したときも、入院する直前はもう死ぬだろうって思ってたけど、点滴とか射ちだすと、回復してきて案外助かるかもって思うもんやねんね。

医者から「よくこれで生きてる」とか、まわりから「下品なからだ」とか言われて感心されることもあるけど、これまで健康に気をつかったことなんてないわ。しいてあるとすれば、水をよく飲むくらいかなぁ。

ハシシュの二日酔い

死にかけたこと、あと一つ思い出した。小説にも一度書いたけど……。
二十七、八歳のとき、京都で、不良外人何人かと泊まってて。文学論争になって、摑み合いになりそうなくらいすごい険悪になってたんね。
そこへ「チリ産のものが入ったよ」とかいうてボンレスハムみたいなのを持った男が入ってきて、「吸おう」って。ハシシュをみんなで和気あいあいと思いきり吸ったのね。さっきまでケンカしてたのが冗談言いあったりして。

翌朝になって、よく眠ったから、もう大丈夫だと思って。女のコを誘って貴船《きぶね》のほうへドライブに行ったんよ。三人後ろへ乗っけておれが運転して……で、ふっと見たら、前がなんにも見えへんねん。空ばっかりや。おかしいな、どういうことやろ？って。下を見たら、貴船の激流が遥か遠くにゴウゴウと流れてるの。

要するに崖っぷちへ乗り上げてて、かろうじてバランスを保ってる状態。女のコはそういうのわかってないから、後ろでキャッキャ言うてる。「ええか、」お前ら、」おれが一、二、三って言ったら、パッとドアを開けて、飛び降りて、後ろのバンパー持て」って指示して。

それで助かったけど、あれはもう〝ほぼ死に〟状態やったね。ハシシュの二日酔いってそのとき、初めて体験した。

鬱病による自殺念慮が出て、飛び降り自殺敢行五秒前にわかぎゑふに救われたこともあったし……。もうたいていのことは平気やね。こないだの拘置所生活なんか屁でもなかった。麻薬取締部が家に来たときも屁でもなかったわ。

死ぬのも怖くない。貧乏も怖くない。ただ愛が怖いな。

でも、パット・パターソンとストロング小林が一緒に来たら怖いな。おすぎとピーコも一緒にいたりして。

そうなったら、愛はいらんから逃げるよ（笑）。

居候酒池肉林百一人

居候は、初め、色情狂の女とその彼氏で万引き常習犯のIQ70男と、もう一人これも万引き常習犯の京大卒と三人いた。ほかにも百キロぐらい体重のあるヤツとかオーストラリア人とかいて、十人くらいいるときもあった。

それが車座になって飲んでんねん。ただで泊まれて、そのうえ、めしも食えて酒も飲めるいうので、いつも何人かはいた。入れ替わり立ち替わり宿泊した人間はのべ一ヵ月で百一人（笑）。一ヵ月ずうーっといるヤツもいたし。

嫁はその頃、一日四〜五時間くらいしか寝てなかったらしいね。子供がいるんで、その世話しないといけないし、居候にはめしを食わせなあかんし。子供はあんまり人が多いんで、どれが父ちゃんなんかわからへんわけよ。

息子が三歳くらいのとき、おれが家を出ようとすると、「パパ、今度いつ来るの？」言うてた。それで、のべ百一人になったとき、恐怖のババ騒ぎがあった。

当時、うちのトイレは汲み取り式やった。

家の裏側にちょっとした物置があって、そこに酒とか入れてたんやね。で、酒を取りに行ったとき、トイレの汲み取り口を見たら、蓋《ふた》が浮いてんねん。そーっと開けてみたら、ババが溢れそうになってる。

これはイカンと蓋をそーっと閉めて、部屋に戻って。家族、居候全員に「いまから小便は洗面台でしてくれ。女のコは風呂場で。非常事態や。大便は禁止」って言うて。

またそれを発見したのが大晦日で、正月休みでどこに電話しても業者はおらへん。でも、なんとか人づてに頼んでバキュームカー持った人が来てくれたんだけど、蓋をパッと開けた途端、「こんなぎょうさんババしてもろたら困りまんなあ。なに食うてまんねん」って(笑)。

おかしなもんで、おれが会社をやめてブラブラしてるって聞いたら、いろんな人間が三々五々集まってきた。その頃、たまたまハイミナールが五百錠くらいあったんよ。友達の医者がため込んでて。それをかじっては酒を飲んで毎日過ごしてたのね。

京都のフーテン外人の間ではおれの家のことを「デビルハウス」って呼んでたらしい。そんな居候たちも、おれが会社に勤め始めたら、いつの間にか、みんな消えていった。

色情狂は実家の鳥取に帰って嫁に行ったらしいし、IQ70は万引きが累積して、実刑喰らって刑務所に入ったし、京大卒は強迫ノイローゼで精神病院に入ったし。オーストラリア人もアルコールとドラッグで死んじゃった。

うちに来てた外国人たちはみんな交換留学生だったね。政府からもらったお金をドラッグに使っちゃって。ドラッグ中毒になってるし、国には帰れないわけよ。

当時、そんなヤツが京都や大阪にいっぱいいたんだよ。

そのへんのことを書いたのが『バンド・オブ・ザ・ナイト』です。

第三章　社会と家族

嫁はんとの出逢い

嫁はんとは高校の頃、神戸・三宮のジャズ喫茶で知り合ったんよね。彼女は短大を出て、ちゃんとしたところに勤めてるし、もともとお嬢さんやから「安田海上火災に勤めてます」みたいな縁談が降るように来てたわけ。

こっちはただの腰まで髪の毛のあるフーテン、しかも大学生や。

どうしようかなと思ってたら、嫁はんのお父さんが「駆け落ちしたらええねん」って言ってくれて。

それだったらちゃんとお披露目しようって結婚式もちゃんと挙げたんよね。結婚してもう二十九年になる。

2DKのアパートで新婚生活は始まったわけだけど。結婚してすぐ、大手土建会社の叔父に「お前、今日でも明日でもいい。借金してでも一刻も早く家を建てろ。建築資材がものすごい勢いで上がってるんや」と言われたんやね。

土地は幸いにも、雲雀が丘（宝塚市）に阪急の駅ができるとかいう話を耳にして、オヤジが五十坪ほど、押さえとったのがあったのよ。

それですぐ建てることにした。家の間取りとかは嫁はんが決めた。

嫁はいざとなったら、結構なんでもやる女で『レディ・モルフェウス』って芝居でガンジー石原を回した人間回転機を作ったこともある。メカ好きで、いまでもバイクに乗ってて、自分で修理したりしてるから。

嫁の家で発見したのが「ミノトール」って本。五、六冊あった。とんでもない家だった。

一九二〇年代から五〇年代のシュールレアリスムの資料が出るわ出るわ。読んでたのは、建築家をしてて、フランスとかによく行ってたらしい嫁のおじいさん。

で、「うちにミノトールがあるんですわ」って言ったら、フランス文学者の生田耕作先生が「ぜひ貸してください」っていうから、貸してあげたこともある。

最初に見つけたのはおれで、彼女の部屋の壁にヌードが張ってあって。

あれ、マン・レイちゃうかって。出してみたら、まさしくマン・レイ。

「なんでこんなもんがあんの?」って訊くと、「おじいちゃんがフランスで買ってきた」と。で、全部、調べさせてもらった。いま、その本は全部うちにある。もうちょっとで処分されるとこだった。嫁のお母さんはきれい好きの人で「こんな汚い本、はよ捨てよ」って言ってて。「ちょっと待ってください」って貰い受けてきた。

その関係の本は四、五十点あるよ。

学生結婚〜就職

結婚したのは大学の四回生のとき。おれは二十三歳だった。嫁は図書館の司書をしてたから、おれが一年間、主夫をしてて。このままずっと一生暮らしていけたらいいと思ってたんだけど、嫁がハラボテになったから、バトンタッチするしかしようがない。で、渋々働くことになった。

就職先に決まったのは叔父の紹介で印刷屋。ずっと曲は作り続けてたんだけど、これで、なんであれ、表現ということとはオサラバや。一生印刷屋として重たい紙を運んで暮らすんだと腹を決めていた。以来、十四年間、サラリーマン生活をおくることになる。

印刷屋の仕事自体はおもしろいものだったね。クライアントのおっさん、なんでこんな威張ってるんだろう？　と思ってたら、婿養子で、家でのフラストレーションを下請けにぶつけてるだけだったりとかね。同僚にも女便所をのぞくヤツ、握りっぺするヤツ……変なヤツがいっぱいいたよ（笑）。

印刷営業マン第一級資格

おれは、会社に八時間自分の時間売って、そのペイをもらって、余った時間で自分の好きなことをするんだっていう考え方を徹底的に貫いてたんで、どんな仕事だろうが関係なかった。負けん気も強かったからね。おれは持ってたけど、「印刷営業マン第一級資格」を持ってる印刷屋の営業マンなんて周りに誰もいなかったよ。で、営業成績もナンバーワンだった。

営業のコツというのでもないけど、しゃべるのがヘタというのが幸いした。だから、脂汗を垂らしながら、とにかく言いたいことを一生懸命しゃべる。そしたら、立て板に水のヤツは、「あ。お上手」で終わっちゃうんだけど、おれがしゃべってると、こいつ、なんか言うてるって耳を貸すわけよ。

で、印刷屋っていうのは失敗するのが仕事なの。

おれがいままで見たので一番良かった失敗作は、アンメルツヨコヨコあるでしょ。スーっとするやつ。ヨコヨコに塗れるからアンメルツヨコヨコ。朝日新聞かなんかの全十五段で、広告が載ってて。一番上にでっかい字でアンメルツヨココヨ(笑)。おれの派手な失敗は、パンフレットの分厚いの、三万部発注されたのを間違えて三十万部刷ってしまったこと。余ったパンフは、おれがトラックを運転して紙くず屋に運んで行って、千二百六十円になった。

そのお金でコーヒー飲んで帰ったよ。

ゆり子と消えた四十万円

印刷屋には丸四年勤めて辞めたんだけど。辞めたのは得意先の担当がコピーライターの養成講座に行くって話を聞いたのがきっかけ。で、ひっつき虫でおれも養成講座に通ってるうちになんとなくコピーライターとしてやっていけるんじゃないかと思ったんよ。

辞めたあと実際、次の就職先を見つけるまでには一年以上かかったんだけど、とりあえず失業保険で三ヵ月食いつないで……パンクで一発、当てるつもりだったのね。曲はたくさんできてたし、メンバーも集めたし。練習するのはイヤやから、スタジオを一週間おさえて、練習しながらレコーディングして。

で、トラックダウンしたマスターテープとメンバーから八万ずつ集めたレコードプレス代四十万を持って東京に行ったんだけど、ゆり子って女に騙されて四十万円を取られてしまう（笑）。

ゆり子は東京の友達の家で会ったんだけど、あとで電話がかかってきて「会いたい」とか言ってくるし、こらモテてるわ、と。で、待ち合わせしてラブホテルに入ってしまった。

おれが風呂入って、その間にゆり子がおれの財布の中身調べよったんやな。おれが風呂から上がったら、ゆり子はしくしく泣いてる。「どうしたん？」って訊くと、「あたしはもうすぐ病気で死ぬの」「医者に行かなあかんやん」「医者に行ってもダメなの、お金もないし」「いくらいるの？」「四十万円」。

で、持ってた四十万円を貸してあげた。「絶対返してな、これ、おれの金やないから」。ゆり子は「五月にお金が入るから、必ず返します」って。

そのあと、天に消えたか、地に潜ったか、なしのつぶて。もしゆり子と出会わなかったら、パンクスターになってたことやろね。ゆり子とは三回やったけど、えらく高くついてしまった（笑）。貴重な体験やったね。

コピーライターの学校に行ってたのはパンクスターを目指してたのと同時進行。学校に行ってるうち、コピーライターでやっていけるってすぐ思った。

生徒は二百人くらいいたけど、みんなダジャレか、なんにもなしのズンベラボンか、どっか的を外れてるか、そんなのばっかり。

こんなんやったら、おれはいけるって。

一等賞を八回もらって、ミッキーマウスの時計をもらって卒業したんや。だからといって、それで食えるかというと、そんなことはない。

「ちょうど「糸井重里・仲畑貴志一行百万円」と言われてたコピーライター花盛りの時代。

あとで仲畑さんに訊いたら、「もっともらってた」って。すごい話や。

学校で講師の好みに合わせてコピーを書いて、それで一等賞をたくさんもらってたって、そんなの屁のつっぱりにもならないわけよ。

晶穂と早苗

息子の晶穂が生まれたのは、結婚した翌年。晶穂の名前はお米に縁があるようにってのでつけた。娘も早苗。息子と同じ理由で食うに困らないようにね。シリーズになってて、もう一人生まれたら、「およね」って名前にしようと思ってたの。

二十四歳から仕事を覚え始めて、駆けずり回ってクタクタになって、酔っぱらって夜中に帰るって生活でしょ。子供と顔を合わすことがなかった。ちっちゃいうちに遊んでやれなかったのは残念だね。

印刷屋の給料は十四万円くらいだったので、辞めて三ヵ月は失業保険が毎月十万八千円入ってきた。

あとは嫁が貯めてた百万円くらいを取り崩しては飲み代にしてたんやね。居候もごろごろいたから、ウムを言わせず毎日食事はチャンコという生活だった。

具のない日は豆腐だけ。嫁の実家が養鶏場をやってたから卵を分けてもらってきたり、実家から食料品を山ほどもらってきたり……そんなふうにしてしのいでた。毎日のことだから、そのチャンコ、ごっついええダシが出てておいしかった。居候にはオーストラリア人もいてたけど、文句も言わずチャンコを食べてたな。親の脛《すね》もずいぶんかじらせてもらったよ。

ドッグフードを食ってた時期もあるね。さすがに犬用だから、味に塩気がまったくないんだよ。だから、醤油をかけて食ってたね。そうすれば、酒の肴にもなったんよ。

風俗は行かない

いわゆる女遊びは、印刷屋に勤めてから三十歳くらいまで結構、無邪気にやってたんよ。キャバレー行ったり、ピンサロ、ソープランド行ったりしてたんだけど、それがある日、フェミニストの女性に喝破されて。いろいろ反撃したんだけど、どう考えても、おれが間違ってる。

「わかった、おれはもう買春はやめるよ」って。

それ以来一回も行ってないんだけど、一昨年（二〇〇二年）、京橋の「ふんどしパブ」に行ってしまった。役者の野田信一と（笑）。芝居でごっつい長ゼリフがあってね。「らもさん、これ絶対覚えられへん」って言うわけ。「おれ、覚えられるよ」「じゃ賭けをしましょう」ってなって。「なに賭けよ？」「らもさん、〝湯上がりパブ〟ってのがあるんですけど」「ああ、それでいいよ」。

で、おれが負けて京橋に行くことになったんだけど。行ったら、〝湯上がりパブ〟が〝ふんどしパブ〟に変わっててん。なんにもうれしくなかった。

風俗といえば、大阪の天六あたりのストリップで、ヤクザに羽交い締めにされて舞台の上に追い上げられて。もうそうなったらしょうがないから、全部脱いで、布団に寝たんだけど、天井に鏡が張ってあって、そこにおれの裸体が映ってるわけ。

そんなもん縮こまる一方で、到底ものの役には立たへん。回り舞台だから、ぐるって一周まわって、みなさんに申し訳ないって頭を下げたこともある。情けない話や。

怒りのコピーライター

おれの場合、ものを創る動機が全部〝怒り〟からなんやね。

コピーライターをやってたときも、当時、「糸井・仲畑一行百万円」と言われてた時代で、おれが行ってたコピーライター養成講座にもコピーライターに憧れた人がいっぱい来てたんだけど、それがみんなサルマネなの。

で、実際、プロのコピーライターの仕事をみても、ダジャレだったり、単なるいい格好しいだったり、つまらない自己表現しようとしてたり……そんなのばっかり。

自己表現なんて一番ダメなことなんやね。企業の代弁をうまくするというのがコピーライターの仕事なのに、本人の文学的な自己表現みたいなものを持ち込むなんてサイテー。ざっと広告業界を見渡しても、ほとんど一緒で。

例えば、新聞でいえば、全面広告できれいなビジュアルがあって。一行だけすっと濃いコピーがあって。で、ボディコピーがちょろちょろっとあって、さくあるってのが広告のスタイルで、いまもまだ変わってないよね。

で、読売・朝日・産経・毎日で全面広告打ったらものすごいお金。それをありきたりのきれいなキャッチコピー、きれいな写真でまとめるなんて、それでよくゼニが取れるなって気がしたんよね。あまりにレディメイドでつまらない。ほんと腹が立ったよ。

ま、最悪なのは覚醒剤の追放撲滅キャンペーンでの「覚醒剤うたずにホームラン打とう」みたいなコピー。使ってるキャラクターは野球選手の清原和博。ひどい勘違いしてる。

それで、正反対のことをやってやろう。スペースがあれば、全部文字で埋めつくしてやれと、読んでる人と交流できることがしたいっていう考えが浮かんで、それででさたのが「かねてつの啓蒙かまぼこ新聞」だった。

かねてつ（カネテツデリカフーズ）の副社長に話して「とにかく『宝島』に見開き二ページくれ」って。当時、宝島の広告料は安かったんだよ。その二ページを原っぱにしよう。で、勝手に好きなことして遊ぼう。ただ〝かねてつ〟って立て札だけは端っこに立てておこうということで始めた。

投書が半分、社説が半分でまんがが入ってて。二つともおれが書いてたんだけど。そのまんがの空いたスペースに〝かねてつ〟って書いてあるだけ。

四行ほど余ったので、「電通がなんだ　博報堂がなんだ　一対一なら負けないぞ　日広エージェンシー」っておれが勤めてた広告代理店の広告を入れたこともある。社長が元ボクサーだから、負けるはずがない。あとでかねてつの副社長から「広告代出せ」って言われたけどね。

で、最後のほうには広告史上初の「ちんぽ」って言葉を登場させたりもした。〝かねてつ〟って会社は関西でこそ知られてたけど、全国的には知名度がなくて、読者の大半の人は冗談やと思ってたんやね。

〝かねてつ〟にはかわいい魚屋さんをイメージした「てっちゃん」っていう主婦向けのキャラクターが昔からあったんだけど、それにサングラスをかけてひげを描いて、てっちゃんのお父さんキャラを作った。そいつが家庭内暴力オヤジで、てっちゃんを殴ったりする。で、てっちゃんがタラーッと鼻血を出したりして「ひどい！」って投書が来たりもした。

そんな広告でＴＣＣの準新人賞、ＯＣＣ賞、神戸新聞の広告賞を取ったんよね。

落ち穂拾い

関西ってのは非常にシビアなところで、地元企業は京セラ、ＵＣＣコーヒー……一部上場企業なんて数えるほどでしょ。広告産業としては不毛なところなんですよ。ただでさえないのに、大手のクライアントの仕事は全部、電通、博報堂がさらっていって、そいつらの通ったあとにはペンペン草も生えていないって言われてて。でも、よく探せばペンペン草はあるのね。おれは「落ち穂拾い」って言ってたんだけど、パチンコ屋、ラブホテル、焼肉屋にローラー作戦をかけるわけ。経営してるのはたいてい韓国、中国、台湾の人で、そういうとこに行くと、お金を想像もつかないほど持ってるのね。パチンコ殺人強盗とかちょくちょくあるけど、被害額一千万円単位だったりする。それが一日の売り上げ。一千万円として月にすると、ざっと三億円。

そういう会社に落ち穂拾いに行くと、社長と直接話をしないといけない。広告部長とかそんな人いないからね。会社の鉛筆一本まで自分のもんだと思ってて、「短くなるまで使え。短くなったら二本をセロテープでくっつけて使え」とかそんなことを言うてる社長や。そういう社長に、電通や博報堂みたいにコンセプトがどうとか会社のアイデンティティがどうとか言うても通用しない。

そんな社長がどういうことを言ってくるかというと、「これ、明日から流したとして、うちの売り上げなんぼ伸びるねん？」。そんなの、答えようがないじゃない。ずーっと広告うってる会社に「広告がどのくらい売り上げに影響してるんや？」と言われたとしたら、「じゃ、やめてみたらわかりますよ」って逃げる方法はあんねんけど。怖くて、みんなよおやめへんからね。

ところが、初対面の社長に「これでなんぼもうかるんや？」って言われたら、正直言って困る。それでもなんとか切り抜けないといけない。そうなったら、広告自体にものすごいインパクトが要るわけよ。金を出し惜しみしてるんやから。テレビ自体の露出回数は少ないわけですよ。

少ない露出で会社の名前なり商品を憶えてもらわんとあかんから、かなりドギックなってしまう。それで関西の広告はドギツイと言われるんですよ。

一回見たら、忘れられないくらいのものを出さんと、社長は承知してくれへん。それでバカなものをいろいろつくった。全部ボツになったけどね。

おれじゃないけど、石材屋の宣伝で「墓のない人生ははかない」とか、そういう専門のヤツもいるんや。

墓場の広告（宇治霊園）をやってて、テレビCMをやりたい言うので、絵コンテを描いてつくって持っていったんよ。

墓石の土台がギギギとズレて青白い顔に額《ひたい》に三角のキレつけた男がスーッと出てきて、「駅から近いし、景色はええし、こんなええとこおまへんで」。それは手口なんやね。最初にそれを出して笑わすの。そういう会議ってみんな妙に緊張してたりするでしょ。

笑わせておいて「というのは冗談で」ってほんとのを見せるわけ。「深き緑に抱かれた安らぎの公園墓地」とか。そういうのが通る。だから、笑かし用のをいっぱいつくったね。

鉄筋住宅の広告では「家は焼けても柱は残る」とか。ツカミや。電通とか博報堂であれば、マーケティングリサーチの分厚い論文みたいなのをくっつけたりして、いま言ったようなありきたりのしょうもない広告を提案する。おれの場合はあるヒネリは工夫していたよ。

絵コンテってのがテレビの場合、難物で。まぁ漫画みたいなものでしょ。横にナレーションがあって。ともすると、オチがあって、笑わせるようなものになってしまうからね。会議の場では大笑いするけど、それを実際やってしまうとダメ。

最初に見た人は大笑いするやろうけど、同じギャグを二度、三度見て笑う人はいないから。そしたら、二度目以降は無駄打ちになってしまう。テレビの場合は起承転結だったら、「転」だけとるわけ。「起」や「承」や「結」は見てる人の想像力に任せるわけ。それがよくできたCMなの。

そのへんのツカミのボツ広告をコントに書き直して持って行ったのがよみうりテレビ。そのときの作品が『ぷるぷる・ぴぃぷる』に収録されてる。

サングラスと黒い服

サングラスは二十六歳の頃、ふっこ（わかぎゑふ）に初めて会ったときからやね。おれは印刷屋の営業マン。ふっこは読売ゴルフガーデンのカフェでウエイトレスしてて、コートのお尻のところに尻尾をつけてるような変な女やってん。で、もてようと思って、サングラス買って。それ以来、ずうーっと使ってんねん。大学の頃も時々はしてたけどね。サングラスは、ヤクザもミュージシャンもそうだろうけど、ディフェンスであり、オフェンスなんよ。自分の目を見られるのってイヤでしょ。なおかつ、相手を威嚇できるじゃない。いまはもうそんな必要なくなったけどね。

黒の服が多いのはやっぱり黒が好きだから。

ただ買い物が大嫌いなんで、ブティックなんか絶対行かない。靴だってサイズを言って買って来てもらう。全部、人に買ってもらう。本だって本屋に行かずに注文して取り寄せるようにしてるくらい。眼鏡だけはしょうがないけどね。

とにかく人込みが苦手なの。

髪の毛も、ほったらかしだね。

といって、例えばTシャツにしても普通のTシャツはイヤだ。おれはあばらが浮いてるでしょ、そのあばらを見せたい。だから、首元をジョキジョキって切っちゃう。ライヴのときとかにいいでしょ。

おしゃれじゃなくて、シンボライズしたいのね。銀で統一するとか。それが一応おしゃれといえば、おしゃれ。いつも同じ服を着てるって言われるんだけど、黒い胸元をざっくり切ったTシャツだって四枚くらいあるんだよ。

ファッションなんてバカバカしい。こないだラジオ聞いてたら、「今年の秋の髪型がパリで決定されました。まず中央からショートカット。こっち半分はショートで、こちら半分はロング。左右非対称にします。ブロンドの人は青のスプレーを入れます」とか言ってる。そんなの誰が決めたんや。またそれが流行るんだからわからない。アホちゃうか。

毎年、モードって変わるでしょ。ヒップホップとか、スニーカーはどんなんがいいとかね。マスコミ操作によって、同じ格好をさせられてるんだけど。考えたらおれだって若い頃、ヒッピー、フーテンの違いはあれ、ベルボトムのジーンズに、Tシャツ、長髪にしてた。あれも制服や。そういうのに参加するのはラクなのね。自分だけの服装を貫くのはとても難しいことなの。

サラリーマンの頃はスーツを着て、ネクタイは甥っ子からもらった仁川学院の制服のをしてた。当時流行ってた太いネクタイが嫌いで、仁川学院のは細かったんや。

その頃すごいものを見たよ。クルマで走ってたら、梅新東（大阪市北区のオフィス街）を、ピシッと真っ黒の三つ揃えを着た痩せた青年が自転車こいで走ってるんやけど、そいつの頭、金色のモヒカンや。なんや、これは⁉ って（笑）。三つ揃えにモヒカン。いまだにようわからへん。なんやったんやろう。

反権力、反体制の男たち

ストーンズは好きだけど、一人一人見ていくと、ミック・ジャガーは大嫌いやね。キース・リチャーズが好き。それも「COM」は嫌いで「ガロ」は好きってのと通底していると思うな。ジム・モリソンも好きだったね。

あの頃、ブライアン・ジョーンズが死んで「ブライアン・ジョーンズに宛てたジム・モリソンの詩」ってのが音楽雑誌に紹介されてたんだけど、これが擬古文だった。「われは何するものぞ」とか……そういう素養のある人なのかなと思った。訳者が悪かったのかもしれないけど、その詩自体は大したものじゃなかった。

そんなこと思ってたら、自分が死んでやんの。あの頃、ジミ・ヘンドリックスもジャニス・ジョプリンもみんな二十七歳で死んだでしょ。

やっぱり権力に噛みついていくタイプの人が好きやったね。

その頃の中年のおっさんでいえば、竹中労さん、野坂昭如さんとかね。寺山修司も好きだったけど、なんでよその家を覗いてたんや。けど、わかる気もする。おれも一人で仕事部屋のマンションにずっといたとき、壁にコップを当てて隣の部屋の物音を聞こうとしたことあるから。たいていの場合、何も聞こえないんだけど、何か物音が聞こえてくるとすごい猥褻《わいせつ》感があった。寺山修司もごく普通の一般家庭の飲食風景を覗きに行くということにすごい猥褻を感じたんじゃないかと思う。

今東光も好きだった。当時、『11PM』が始まった頃で、今東光はレギュラーで出てたんよね。ゲストにデビューしたての由美かおるが出たとき、由美かおるが踊って歌ったあと、藤本義一に「由美かおるちゃんは十五歳ですって。どう思われますか?」ってコメントを求められて、今東光は「十五歳か。うーん、やってみたいなぁ」って(笑)。

電話で人生相談もやってて「晩酌の癖を直したいのですが、どうしたらいいでしょう?」って質問に「きみは一日どれぐらい飲むの?」「五合ぐらいです」「それぐらいの酒なら、やめないほうがよろしい」って答えたりして。おもろい坊主やなって思ったね。

竹中労は亡くなるちょっと前にテレビで一回会ったことがある。いい男でしたよ。竹中さんが呼びたい人を呼んで話をするっていう結構軽い番組で、たくさん話をしたわけじゃないけど、しゃべりだしたらわかるじゃない。いい男だと思ったね。

第四章　娯楽作家の業

朝起きたら、小説ができてる

みんな不思議がるけど、朝起きたら、原稿が上がってたってことは何度もある。

酒を呑んで次の日、記憶がないってのはよくあるでしょ。心配になって前の日の自分の様子を訊いてみたら、「ちゃんと挨拶して帰られましたよ」とか……そういう感じで。別に筆跡に乱れもないしね。

山口冨士夫と話してたら、「裸のラリーズ」のライヴで「冨士夫ちゃん、ドイツ製のいいのあるんだけど」ってもらった錠剤を二つ三つ飲んでステージに上がったら、ギターのシールドをアンプに差したところまでは憶えてるけど、あとは真っ白。

ライヴのあと、心配になって「おれ、何してた?」って訊いたら、「ちゃんと弾いてたよ」って。

ビデオを撮ってたから、そのビデオを見たら、ちゃんと弾いてるんだって。

「じゃおれって一体なんなんだ？」と富士夫は言ってた。それと一緒ね。いまは書くときには飲まないようにしてるんだけど、飲んで書いたのと違いはないよ。例えば、わらじを作るのがうまいおじいちゃんが風邪をひいてしんどいけど、わらじは同じものをつくれる。それと似たことと違うかな。

『酒気帯び車椅子』

五十歳になったとき、「これからエンターテイメントを一切やめる」と宣言したんやね。

ところが去年（二〇〇三年）、マリファナで捕まって。保釈されたあと、躁病ということで大きな総合病院の精神科へ入ったんだけど。

病院は車椅子の人が多いでしょ。で、毎日、車椅子を見てるうち、背もたれのところから日本刀がズキーンと出てきたらどうだろう、と思ってしまったの。その瞬間、小説のアイディアが浮かんできたんよね。

アームにはM16とXM177、マシンガン二台搭載、バズーカ砲も要るやろ。千二百ccのターボエンジン積んで時速百二十キロで走らせる。そんな改造車椅子をつくって何をするかいうと……主人公は仕事の上で暴力団とトラブルを抱える商社マンや。

脅迫のために妻はレイプされたあげく殺されて、娘も誘拐された。自分はといえば、ハンマーで膝から下をボコボコに殴られて、病院に担ぎ込まれたけど、手の施しようがないから両足切断。それで車椅子生活を送ることになったわけ。

警察がしぼり込んだ容疑者の中に犯人の写真はあったけど、主人公は犯人がこの男だとは言わない。なぜなら、いまの時代、人一人殺しても八年あったら刑務所から出てこれる。たった八年で出てこられるなんて我慢できない。主人公は「皆殺しにしてやる！」言うて、その装甲車みたいな車椅子で殴り込みに行くの。

助っ人は、その車椅子をつくってくれた自動車修理工のおっちゃん、そして友人であるアメリカ軍黒人兵の二人。黒人兵は「おれは殺しのプロだから、お前らついて来い」と助けてくれる……。

この『酒気帯び車椅子』は「小説すばる」で短期集中連載された、とびっきりのエンターテイメント作品。エンターテイメントはもうやらないと言っておきながら、これや。きっとそれはおれの業なんやろ、と思ったな（笑）。おもしろいアイディアが湯水のように湧いてくる。そうなると、書かないわけにはいかへん。

ただおれは小説の中といえど、犯されたり、殺されたりするのを書くのが好きじゃない。そこだけ夢枕獏さんに替わってもらおうかと思うくらいイヤ。ほかのヤツに書かそうかなぁ。

『七福神』

あと『七福神』ってのも、いま書いてるところ。

『七福神』の舞台はＢＢＣ……といってもイギリスの国営放送じゃなくて、びわこ放送のＢＢＣから始まる。そこの制作のヤツが、物をイメージするだけで物質化できる超能力者がいるっていうので取材しに行くのね。

超能力者は「嘘だと思うんだったら、欲しいものを言ってみたまえ」って言う。で、「りんご」っていうと、モヤモヤってなってりんごが出てくる。よし、これでひと山当てようと、びわこ放送の社運を賭けた特番が組まれることになる。

制作のヤツが家にりんごを持って帰っておかあちゃんにりんごを剝《む》いてもらったら、そのりんご、芯がない、種がない。食べたら味もしない。狂ったりんごなの。

でも、企画は進行してて、おめでたい七福神をスタジオに出現させるっていうんだけど、万一のために影武者も用意しておくの。影武者に衣装を着せて、弁当を食わしてたら、本番二十分前になって「大変です。影武者全員が食中毒で病院へ運ばれました」「バカ、他のヤツに衣装を着せろ」「緊急だったので衣装ごと病院です」。

そのまま本番になるんだけど、七福神がぼよよーんって出てきてしまう。で、現れた七福神は狂ってる。そこから始まって、奈良で大仏が大暴れ、静岡で恵比寿が浜岡の原発をメルトダウン、富士山は大噴火。自衛隊もバリアを張られてなんの手出しもできない。そのあと、七福神は皇居へ向かう。

そこへ、八十六歳のアパートの管理人、十九歳のパンク青年、十六歳の少女、二歳の赤ちゃんがなぜかずーっと集まってくる。四人とも超能力者なんだ。それでこの四人が七福神と戦う。……そんな話。

まぁ、小説もタイトルができたらこっちのもんや。おれはコピーライター出身だからね、タイトルにはすごい気を使うほう。間違っても「青森八戸急行殺人事件」みたいなのはつけないよ。

小説の作法

コピーライターの肩書きを上げてた頃も、おれはどっちかというと、テレビやラジオより平面のほうが多かったんよね。例えば、字で魚の形を作ってくれ。シッポがあって、ヒレがあって、目玉の部分は白くなるように百六十八文字で書いてくれってデザイナーから指示があって。これはむずかしい。

この場合、絶対鉛筆じゃないとダメなわけ。なんべんも書いては消しってのをしなけりゃいけない。そんなふうにしてたので、いまだに原稿を書くのは鉛筆。

作家は万年筆で書く人が多いけど、原稿が汚い。書き足しがいっぱい横に書いてあったりするから。

おれも二回ほど、ワープロに挑戦しようとしたことはあるんだけど、二回とも文字変換でブチ切れそうになってやめた。いまさらパソコンを覚えて原稿を書こうとは思わないな。

そんな時間があったら、犬と遊んでる。いまヨークシャーテリアとシェットランドシープドッグの二匹飼ってて、かわいいよ。うちは動物をたくさん飼ってるけど、それは嫁さんの趣味。ヘビ、サソリ、スッポンまでいる。

おれは犬と猫が好き。犬は卑屈だっていう人もいるけど、犬畜生みたいなもんに卑屈とかそういう観念はないよ。うれしいから、喜ぶだけで。テリアがペロって名前。スペイン語で犬って意味なんだけど、こいつがほんとペロペロ顔を舐めよるんですよ。一回、チンチン舐めさせよかと思うんだけど。

もう一匹のシープドッグのほうはジャン。最初、ジャンキーだったんだけど、それじゃあんまりなのでジャンにした（笑）。猫も一匹いる。そんなに広い家じゃないから、いつもシマ争いでもめてるよ。

書くうえで意識してるのは、漢字をあまり使わないようにしてること。漢字を知らんわけじゃないけど、ひら仮名にしたほうが読みやすく、意味がよく伝わると思うから。

書く場所は、図書館、漫画喫茶のようなあんまり静かなのも困るね。軽いジャズとか流れてるのが一番いい。いまはもっぱら自宅で書いてる。

朝起きてすぐやるのが調子いいね。いまは七、八時間で、二十枚くらいのペース。おれは書き出したらなんとかなるだろうっていい加減に書き出すってことは一切ないから。どんな小さい作品でもチャートを作って。ここで伏線があって、伏線が爆発して、性格がこうで、こういうセリフ、こういうエピソードって……それが全部できてから書き出す。

チャートを書きながら、ここはこうしたほうがいいやろ、と練る。だから、書くときは、中身は頭の中で全部できあがってるの。

だから、面倒くさい。原稿用紙のマス目に田植えしてるみたいなもの。

最近、歳のせいか、腰に来るようになったね（笑）。

エッセイは最初が肝心

二十年前、『啓蒙かまぼこ新聞』とかやってるうちに、エッセイの依頼が来るようになったんよね。それで、文芸誌のエッセイに大量に目を通してみたんだけど、少しもおもしろくないの。うちの柿の葉が落ちた……そんなことがエンエン書いてあるわけ。コピーライターを始めたときと同じようになんかムシャクシャ腹が立ってきて。

そんなもんなら、おれにも書けるわって書き始めた。そのうちにどんどん増えて、月四十三本、一日に八本とか書くようになって。で、その頃は、ガンジー石原が食堂でチャーハンとライスを頼んだ、こいつは何を考えているのか……とか身内話が多かったよね。

エッセイがおもしろくないと思ったのは、内容が貧相なのに、なんとかデコレーシヨンでマスを埋めようとしてるからだね。おれの場合は一番最初におもしろいことを頭に持ってきて、あとはだらだらと書いて、最後トンボ返りみたいなことをして終わるって形で、ずっとやってきた。

コピーライターで培われたものもあっただろうけど、広告の場合は自己表現からかけ離れたものでしょ。エッセイは自己表現をしないとおもしろくないから、全然ノウハウは違う。

小説も同じ。「小説書きませんか」というオファーがあったとき、「小説新潮」「小説現代」とかあの手の雑誌を洗いざらい読んだの。でも、なんにもおもしろくない。おもしろくなくって怒りを覚えたと同時に不思議だったね。誰が読んでるんだろう？　こんなの読んで喜んでる人がいるのだろうか？　って。おれだったら、もっとおもしろいものが書けると思って小説を書き始めた。

いま、そんな怒りは自分に向けられてるかな。もうちょっとましなもん書けよ！　みたいな（笑）。

おれをお手本にしてる人もいるらしいからね。大槻ケンヂがそうで、彼はおれの作品を全部書き写したそうだからね。

「演劇」と「小説」の狭間

演劇と小説ってかなりノウハウが違う。『こどもの一生』でも基本的な構造は全く一緒なんだけど、小説にする場合は、ビジュアルとして、あ、コップが落ちたってわかるところを、なぜコップは落ちたか、それは気が動転してたから……といった心理描写があったりする。

小説ではそういうことが可能なのね。ビジュアルでは不可能。かえって演劇では制約されてることがあるね。

「山田のおじさん」ってキャラクターにしても、舞台だったら、「あ、山田のおじさんだ」……それしか言えないじゃない。でも、小説だと、千人読めば、千とおりの山田のおじさんが出てくることが可能なの。

小説ではクッションを置いてて、あんまり克明に書かないように心掛けてる。

チャートはできてるわけでしょ。チャートができたら作品はできたも同然。あとは原稿用紙のマス目に田植えするだけ。おれはせっかちなもんだから、これがまどろっこしいんよ。

それで酒を飲んでたんだ。酒の勢いでなんとか邪魔臭さが緩和されるから。酒、それ自体は創作にはなんの関係もないね。

芝居とコント、オチのないギャグ

芝居を始めたのはリアクションを確かめたかったから。テレビやラジオでコントを書いたり、おれ自身が出たりもしたけど、カメラの向こう側は見えないわけだよね。屁ェこいてるのか、おかき食べてるのか、わからないわけよ。それよりも舞台で見せて、なんやったら笑い声を機械で測ったら何ホーンとか具体的にわかると思ったのね。だから、一回こっきりのつもりだった。

でも、乞食とナントカは三日やったらやめられへんって言うでしょ。

最初は『X線の午後』って芝居で大阪の扇町ミュージアムスクエアでたったの二回公演。初日、二百人来て。まああやなって思ってたら、次の日、五百人来た。とにかく全部入れてしまえ！　って入れて、客席は酸欠状態。消防法違反もええとこ。

でも、ああいうのって設計図に書いてるとおり、ここで爆発が起こると思ったところで、ボーンって客の反応がくる。それで病みつきになったんよね。

　バンドも基本的には同じ。CDは別だけど、ライヴは歌詞とかどうでもいいの。観客が踊ってくれたらいいんだよ。

　芝居して、打ち上げして、よかったね……で、終わる。それができてたのは十回までくらいかな。その後、カンフー映画の観過ぎで、カンフー芝居をやるようになって。それもおもしろかったけど、その後、ふっこ（わかぎゑふ）が前に出てくるようになって。劇団自体が変わってしもたんやね。ドラマツルギーのあるものに移って行って、喜怒哀楽とか起承転結がある、普通のお芝居になってしまった。

芝居の世界の人間関係のごちゃごちゃもイヤやった。妬《ねた》みがあるんですよ。打ち上げのときに気にいらんヤツをどついたろって思ってるヤツがいたりね。

　リリパット・アーミーをやめたのはあほらしくなって。リリパットじゃおれはどうせ飾りもんだから。人が死んだり、愁嘆場とか大嫌いやから、そんなのがないように台本を書いてるのに、それにふっこが手を入れて、人が死んだりする。おれにはそれをまた書き直す元気はないわけよ。

　で、おれの役いうたら、ホトトギスや。ホトトギスの衣装着て、ホケキョ！　って。出てるのはほんの一分半。ポスターには一番上に中島らもって書いてあるのに。要するに人寄せパンダや。あほらしなって、やめた。

芝居熱がまるきり冷めたわけやないよ。リリパットをやめてからも河内長野のラブリーホールってところでコント・オムニバスの公演をやったりしてて。次は『ハードロックじじい』をリメイクして再演してやろうと思ってたところ、大麻でパクられて流れてしまったんやから。それなら十倍返しにしてやろうと、今年（二〇〇四年）秋、東京、大阪でミュージシャンもとびきりのヤツを呼んで来てやるつもり。

いまや売れっ子俳優になった山内圭哉《たかや》も来れたらぜひ来て欲しいね。『ハードロックじじい』はおれの自伝的な部分もある芝居で、ごねさらせの八幡くんをモデルにした人物とか出てくる。おれは主人公のじじい・らも吉の役。

その準備で、いましょうもない芸を集めてるところ。老人用の紙オムツをはいて、その中にビールが何本入るかとか、三歳の子供用の服を着るとかね。生きたすっぽんを素手で掴むのもいいかもしれない。あれはかなりスペクタクルだよ。

コンドームを使って何かできないかなぁとか。中島らも放尿ショーとか。舞台の上のテーブルにはビールとコップが置いてある。ビールを飲んで十五分くらいしたら、当然おしっこがしたくなってくる。で、このコンドームに入るだろうとか言って、コンドームを付けたままおしっこをする。絶対入り切るよ。二時間あれば、何回もそれできると思うけどね。実にくだらんけどね。

コントを書くほうは、今更おれがやらなくても、もっとすごい作家がいっぱいいるんじゃないの。

小説のほうが忙しいからね。思いついたギャグは小説の中で使ってるよ。

昔、香川登枝緒さんが台本を手がけていた『てなもんや三度笠』のような、ああいう序破急、起承転結……とっかかりがあって、ボケ、ツッコミ、オチっていうセオリーがあるんだけど、おれのギャグっていうのは一切それを無視してる。テレビＣＭの考え方なんだね。

ＣＭは起承転結で考えると、最悪のＣＭになる。四コマ漫画でも一回目は笑うけど、二回見て笑う人はいないでしょ。ＣＭとしてはダメやねん。「転」やったら「転」だけ出して、あとは見た人の想像力にゆだねる。おれのギャグにはオチがない。変な感じで終わる。

枝雀・談志・松鶴

亡くなる二年くらい前かな、桂枝雀さんと朝の六時まで笑いについて話したことあるのね。その頃は「緊張と緩和」っていう言葉じゃなくて、「合わせと離れ」っていう概念を使ってはった。これが、ようわからへんねん。

弟子にも聞いたけど、弟子もようわからへん言うてた。なんとなくわかるような気もするんだけど。シュールレアリスムでいったら、デペイズマンのことかな、とか。どっちにしても、こんなに考えに考え抜いた方法論で笑いをつくってたら、この人はダメになると思ったね。

運転でもハンドルの遊びって要るじゃない。そういうもんがないんだからね。実際死んじゃったでしょ。

あと、会って話したい人っていうのは立川談志さんだけ。東京でやってるトークイベント「らもはだ」に来てくれって一回頼んだんだけど、ギャラのケタが違うって断わられちゃって。それならって、作戦を練って、こないだ高田文夫さんをゲストに呼んだの。高田さんは談志さんの一番弟子だからね。朝日新聞社の「論座」で「笑う門には」って「笑い」について連載してた、それの締めくくりで談志師匠と話がしたいんだけどって言ったら、「わかった、おれが手配する」って。だから、会えそうだね。

談志さんは若い頃、ほんまに生意気やったからね。拘置所で新聞を読んでたら、「私の好きな音楽」ってコラムがあって、談志さんが「ザッツ・ア・プレンティ」ってジャズの曲をあげてて。映画と音楽は楽しくなくちゃいけないって。記者が「落語もそうですね」って言ったら、「落語は違う。落語は人間の業をあざ笑うものだから、決して楽しいもんじゃない」。あ、これは早く話をしとかないとダメだなって思った。

「今年（二〇〇四年）の新年会のとき、談志師匠は「今年こそ死にます」って言ったんだって。出棺のときにはその曲を流して欲しいって。落語ってのは人の業を暴くものだから……。

すべては人の業を描くところから発生してるんだよ。だからこそ、映画、音楽は楽しくなくちゃいけない。落語は人の業を笑うもんだ、と。おれの言い方だと差別ということやね。

笑福亭松鶴師匠（六代目）にも会っときたかったな。話なんかしたくない。ただ一緒に酒を飲みたい。松鶴師匠自体はそんなに酒の好きな人でもなかったんだってね。松鶴さんは酔っぱらいの芸が絶品でしょ。だからああいう人やと思い込まれて、周りから酒をたくさんもらうわけ。で、しようがないから、いただきますってそのうち一升とか飲んでたらしいけど。根っからの酒好きじゃないんだね。

古今亭志ん生は、内田百閒が「師匠、一日にどれくらい飲まれる?」って訊いたら、「まあ、一升ですな。朝起きたら三合飲んで、寄席に行って、蕎麦を取って、蕎麦で三合飲んで、高座やって、終わったら四合飲んで」。これが毎日。すごいよ。

作家なら裏切れ

おれが一番好きなのはマンディアルグ。おれはフランス語はわからないんだけど、生田耕作さんから「一行訳すのに三日かかった」と聞いたこともある。遺作の『すべては消えゆく』はトラウマが残るくらい、いい作品だった。〝退廃〟と〝悪徳〟と〝美〟……七、八十歳になってあんな文章を書けるなんて日本では考えられないね。日本の作家って六十歳越えたらおさまり返って全然冒険しないでしょ。一番典型的なのが言っちゃ悪いが池波正太郎。好きなんだけど、江戸時代なら江戸時代のある時代のありとあらゆる資料を集めて、食事は何とか、着物の帯はどうだとか研究して。「○△捕物帖」とかシリーズを書きだすと、それまでは苦労するけど、あとは同じシチュエーションで、どういう事件を起こすかっていうだけ。作家もそういう連載を三本も持ってたら、充分食える。読んでるほうも読んでるほうで、それを安心して読んでるわけ。シリーズもんにしたら、主人公は死なないという前提ができちゃうからね。それがまずダメ。

初期の白土三平なんか主人公がいきなり死んじゃう。『カムイ外伝』とかそうでしょ。次の号を見たら、骨があって、その前に主人公そっくりの男が立ってて「弟」って(笑)。

石森章太郎の『秘密戦隊ゴレンジャー』ってハードバイオレンスSFも六回くらい続いたあと、「『秘密戦隊ゴレンジャー』は今週からギャグ漫画に変わりました」って書いてあって、ハードバイオレンスSFがギャグ漫画になったりしてた。

おれは毎回違うコンセプトで書かないと我慢ができない。常に読者を裏切る形でやってきたわけ。裏切って裏切って裏切り倒して。今後もそうしていくつもりなんだけど、どこまでテーマやアイディアが出るかどうか。それか大家になってしまうか……のどっちかやね。

気持ち的にはおれは三流作家と思ってる。そうすると、すごく気がラクになるし。そのほうがおもしろいもん書けるから。

『酒気帯び車椅子』では初めてバイオレンスに挑戦したんだけど、主人公の妻がレイプされるシーンとか書くのがイヤでイヤでしょうがなかったの。その前に家族が手打ちうどんを打って、みんなで食べようってシーンがあるんだけど、うどんを打つところをエンエン書いてしまった（笑）。

読者にとってはバイオレンスシーンまでの家族団欒《だんらん》のところが長いんで怖さが増幅されたみたいなところはあるかもしれないけど、実情は悲惨なシーンを書くのがイヤで、延ばし延ばしにしてたんやね。

妻が犯され殺されるシーンを極力がんばらないと、あとの復讐が活きてこないんで、思う限りの残忍さで書いたけど、どんなにがんばっても一日三枚しか書けない。それでもプロか！……そんな言葉が自分自身に向けられたね。ほんと一番イヤなヤツ、怒る相手は自分だね。

普通は残酷であればあるほど、読者のリアクションは大きいわけ。敵をブチ殺すときのカタルシスが倍増するんだから。

バイオレンスをやったから、次はエロにいってみようかな、とも思ってる。エロでも美しいもの。マンディアルグは非常に官能的な文章なんだけど、表現自体はすごいきれいでしょ。ああいうものなら、書いてもいいなあ。

エロにはエロの分野ですごいヤツがいっぱいいるんじゃないの。おれはあんまり知らないけど、宇能鴻一郎は好きやね。『鯨神』で芥川賞を取ったんだけど、その前にも『魔楽』ってのがあって、これも素晴らしい小説なんですよ。

直木賞を取ったと思ったら、ころっと「私、濡れちゃったんです」に変わったんだよ。あの鮮やかな転身ぶりには驚いたね。あの人、美食家だから、文学なんかええわ、うまいもん食お！　っていうようなことだと思うんだけど。それにエロになってからでも、あの人はおもしろいよ。

団鬼六も尊敬するなぁ。超金持ちの夫人が会社が倒産したか何かで借金のカタに売られて調教される……。もうパターン決まってて、どれ読んでも一緒なんだけど、やっぱりいいよね。

それにしても、小説なんてもう読む人いないんじゃない。テレビゲームやコミックと数量的に比較したら、ないも同然。コミックなんて初版百万部なんてざらにあるよ。あだち充は総数一億冊突破したっていうし。

『こどもの一生』は初版二万部で集英社もかなり力入れてくれたんだけど、二刷までいかない。いま何が売れるのか、ほんとに見当がつかないね。

今度(第百三十回)の芥川賞(金原ひとみ・綿矢りさ)はおもしろかったね。完全なヤラセでしょ。本を読まない若い人のマーケットを開拓しようという意図がありありと見えてくる。

十九歳や二十歳で、よほどの天才でもない限り、小説って書けないんだよ。例えば十年以上、肉体労働してるとか、なんだかんだで最底辺の人をたくさん見てないと、ちゃんとした小説は書けないよ。

自作を語る

「小説を書いてみませんか」と声をかけてもらったのはエッセイを月に四十本とか書いてた頃。実際、それまで小説なんてものを書くことさえ思いもしなかったんよ。

最初の単行本は、編集者に初め「浪花の若者百選」ってタイトルをつけられてたんよね。それを引き受けて勝手に書いたのが『頭の中がカユいんだ』。最初イッキに三十枚書いて、あとは勤めてた広告代理店が東京の月島に借りてたマンションで書いたんだね。初日に九十枚書いて、次の日に七十枚書いて、イッチョあがり。

あのときはドラッグやってたかなぁ。睡眠薬とウィスキーでベロベロになって自動筆記というか、憑依《ひょうい》状態で書いた。このとき初めて目が覚めたら、できあがった原稿が机の上に載っかってたんよ。いまだに「あれが一番いい」という人がすごく多い。

あそこまでなかなか達しないからね。

『今夜、すべてのバーで』は……真っ黄色（黄疸）になって病院に入院したとき、おれはこれで死ぬんだろうと思ったのね。多分肝硬変で、それが肝癌になる直前ぐらいだろう、と。おれはこの病院から生きて出られないと思ってたんだけど、小説に書いてあるのと同じことが起こったんだよ。

隣に寝てたおじいさんがベッドから落ちて、額を切って血まみれになって。それを見てびっくりした歩けないはずのおじいさんがいきなり病室を走り回ってるわけや。エライことになってる、これは死んでる場合やないと（笑）。

肉体というものは卑しいもので、どんどん良くなっていくんやね。五十日で治って退院したんだけど、入院中は日記をつけてたんで、あの小説はほとんどノンフィクション。いなかった人物ってのは、カッコイイお医者さんと少年。少年のほうは近い人はいたんだけどね。

退院してからは丸一年、禁酒してた。軽い脂肪肝の状態になってたから。で、禁酒一年を祝って日本酒を一杯ってつもりで飲んだら、止まらんようになってしまって。その日は五合ほど飲んでしまった。周りの人間には「一滴も飲まない」と公言してたんで、おくびにも出さなかったけどね。

禁煙と一緒で自分を追い込むと禁酒もできると思ったから、「禁酒してる」と人に言い回ってたのね。だから、飲んでるのがバレると困るんで、こっそり隠れて飲んでた。当時、仕事用にマンションを借りてたんで、そのマンションのユニットバスの天井に配線工事をするためと思うけど開くところがあって。

そこを開いてみたら、かなり広い空間があったんで、そこにウィスキーとアヌスボールを隠してた。アヌスボールなんて絶対他人に見られたくないでしょ。あの頃、大量に小説も書いてて知名度も上がってたんで、二の線で押してたんですよ。アヌスボールは使うと、当然クソがつくでしょ。使ったあと、夜中に台所の流しで洗っている自分を客観的に見ると、何が文学や！　何が小説家や！　という気がしたよね(笑)。

『人体模型の夜』を書いてたのもその頃。あれのヒントになったのはクライヴ・バーカーの血の本シリーズの短編だった。二つの村が年に一回、戦いをやるわけ。どういう戦いかというと、一つの村人千人がそれぞれ自分は足の役、腕の役、胴の役とか役割を決めて巨大な大男をつくる。片足だけで二百人くらいが集まってつくってるの。

「そんな巨人が森をのしのし歩いて、もう一つの村の巨人と戦う。よぉそんなアホなこと考えよったなぁと思って。その逆の発想で、体のパーツを分解して書いたら、おもしろいんじゃないかと思って書き始めた。

この『人体模型の夜』、それに『ガダラの豚』『永遠《とわ》も半ばを過ぎて』と直木賞の候補になったけど、結局三回とも落ちてしまった。自分で「これからオッチーって呼んでくれ」って言ってたくらい（笑）。選考委員の渡辺淳一が『人体模型の夜』のときは「私は医者なので笑ってしまった」、『ガダラの豚』のときは「私ならこの小説を三百枚で書ける」と言ったんよね。怪奇小説に医者かどうかいうのは関係ないやん。この歳になって、直木賞欲しさに渡辺淳一が喜ぶような小説を書く気はないからね。

小説ってのはある一定のレベルまで行くと、設定に違いがあるだけで、どっちが優れてるとかいうのはナンセンス。それをどっちが優れてるかって賞を決めるのは、ミスコンよりナンセンスやと思うね。

渡辺淳一は読んだことないね。直木賞の選評を読んで、なんてバカなヤツだと思っただけで。あの人、医者なんでしょ。

医者で作家というと、なだいなださん、北杜夫さん、山田風太郎さん……手塚治虫も医者か。文学と医学と何か関係あるんかいな。

『人体模型の夜』は芝居でもやって、その戯曲は岸田戯曲賞の候補になってたらしいね。

おれは〆切が迫ると、例えばオカルトものを書いてるとすると、量子力学や天文学、大脳生理学とか……全然関係のない本を読んでしまう癖があるんよね。あるとき、『死と病の民俗誌』っていう民俗学の本を読んでたら、村中が全員呪術師という村があるってのが出てきて。そこを調査した記録が載ってるわけ。

それがおもしろくって。その村へ東京のテレビ局の連中が行って、村の人がタブーとしてることを平気でやって。そのまま日本に帰ってきたら、その部族全員が東京へ襲撃にやってくるっていうのを思いついて。で、小説に書いたのが『ガダラの豚』。

『ガダラの豚』はコミックになって、ハングル版のコミックも出てるよ。

『永遠も半ばを過ぎて』は、あの写植屋と詐欺師が組んでコンペティションに行く話は実話なのね。おれが三十歳くらいのときに当時勤めてた広告代理店に内緒で実際やったこと。生田耕作さんのところで写植を打ってたフランス文学者の友達と、プータローの友達とコンペの前の日に段取りを打ちあわせしてやったんや。

とある医師協同組合に行ったら、理事長、理事がずらっと並んでるわけ。そこで、「本とはそもそも何か」というのから始まって、ナイル川の文明の話からパピルス、それから印刷のグーテンベルク以降の歴史になって、現在の印刷、今後の印刷。耐用年数が八年くらいしかないとか……そういう話をしたんだけど。ライバルは普通の印刷会社だったんで、見積もり書を出すくらいしかしてない。

そうしたら「たいへんよいお話を聞かせていただきました」って仕事が転がり込んできて。フランス文学者のヤツはラリってたけど、滔々《とうとう》と話してた。もともと基礎的な知識はあったからね。もうひとりのプータローは対人恐怖症でボタボタ脂汗をかいてあんまり役に立たへんかったけど、仕事をゲットして。

当時、ウチに居候が三人ほどいたんで、そいつらに話をテープ起こしさせて。構成やチェックはおれがして本にした。一・二・三巻とあって、小松左京さんの話もあったりして、結構おもしろい本ができあがったんよ。八百万円の仕事になったからね、金が入ったときには居候にめしを食わせてあげたよ。

あの頃のコンペってすごくてね。日立なんかの大企業を相手にする場合、電通は「今回は黒柳徹子さんをＣＭに起用したいと考えております。それでは黒柳さんどうぞ」って言ったら、ほんとに黒柳徹子本人が来てる。びっくりするよね。

『水に似た感情』は、執筆中、躁病を発症して。発症する前と後で書かれてるんで、途中で破綻を来《きた》してる。登場するバリで出逢った坊さんには超常現象を見せられた。それまでオカルトもんとかも書いてたけど、おれはオカルト支持者ではない。かといって反オカルトでもない。中立の立場を貫こうと思ってたんだけど、坊主が手から金色の光をビカーッと出したもんだから。こういうこともあるんだと。そういう納得の仕方をしたんだよね。

そのあと、世の中の書評家という書評家が逃げてしまった『バンド・オブ・ザ・ナイト』を書くんだね。

これには失業して家に居候がいっぱいいた頃、フーテンの時代が背景にある。

口述筆記は嫁はんと

『バンド・オブ・ザ・ナイト』のあとは、目のかすみがひどくなって自分で書くことができなくなってしまった。それで嫁はんの手を借りて口述筆記することにしたのね。口述筆記は自分で書く速度の七、八倍くらい遅い。一日六時間くらいやってたけど、できあがった原稿も読めないのでチェックもしようがなかった。

『空のオルゴール』とかは口述筆記で書いた作品。で、『こどもの一生』の三分の一までできたところで、神経科の医者に処方されてたクスリをやめたら、四日目に目が見えてきて、あとは自分で書けるようになった。音声入力のパソコンを買おうってところまでいったけど、考えたら、モニターに映る文字が見えないんじゃ話にならへん。

『こどもの一生』は伏線の塊みたいな小説でしょ。あとで伏線がボカスカ爆発するようになってる。前に出てきた登場人物が伏線となって恐怖が湧いてくるとか、いままでの小説と違って全体の整合性が大事だったんで、難事業だったね。目が見えるようになって最初にしたことは、そのためのチャートづくり。導入部からの流れを全部頭の中で整理して、B全（728×1030ミリ）くらいの紙にセリフまで書き込んで完成させていった。それができた時点で作品はできたも同然。あとはそれを見ながら、細かいシーンを考えて、それを活字に翻訳していく。その作業に一年半かかった。でも、原稿用紙を埋めていくだけやから、作業としてはラクなんや。

書き終わったときは、これでスティーヴン・キングを超えた。クライヴ・バーカーも超えたと思ったね。

『こどもの一生』は捕まって連載を休んでいたから、最後百枚一挙掲載で。ゲラが出たとき、小説すばる編集部内に全然見たこともない、どこの部署の人かわからん人が何人も「ゲラを見せろ」って来たんだって。作家としてはしてやったり。そんな話を聞くと、嬉しいよね。

映画は撮るものじゃなく観るもの

バンド、芝居といろいろやってるとか思われてるおれだけど、映画を撮りたいとまでは思わないなぁ。映画監督なんて、あんな邪魔臭いことはない。かちっとしたプロデューサーとスタッフがいてくれたらいいけど、日本ってそうじゃないでしょ。監督のとこへ直接「明日までに七百万円ないと撮影続行でけへん」とか来る。たまったもんじゃない。

映画そのものは好きなんだけどね。実家がＪＲの立花駅前だったでしょ。映画館は三軒あって。二軒ツブれたけど、「立花グランド」ってのだけが、おれが大きくなるまで残ってた。そこもいまはもうないけどね。そこは三本立てで、マカロニウエスタン、ハマーフィルムの『吸血ゾンビ』とかのクソホラー、それとヤクザ映画なんかをやってたんで、中学時代、日曜日にアンパン持ってよく行ってた。

便所は臭いし、よくフィルムが切れる、それに客は尼崎やからガラが悪い。けど、そこへ深作欣二のヤクザ映画が好きでよく行ってた。『仁義なき戦い』以前が好きやね。鶴田浩二、高倉健路線で。鶴田浩二が雪の道を一人でドスを持って殴り込みに行こうとしてたら、高倉健が柱の陰から出てきて「お伴させていただきやす」。結局、みんな同じ映画やねんね。

『昭和残侠伝』は傑作やったよ。鴨居を摑んだ手が切られて、血を垂らして手首だけ残ってるシーンがあった。凄惨な殺陣《たて》やったね。

で、大蔵映画がやってきてん。大蔵映画ってエッチシーンあるでしょ。モノクロなんだけど、パートカラーになる。エッチなシーンの三分くらい前からカラーになるわけ。そこでエッチがあって、意味もなく赤いバラの花かなんか出てきて、陰部を隠してるわけ。怪談もつくってるんやけど、それも同じ手法や。モノクロが急にカラーになったら、お化けが出るぞーってこと。怖くもなんともないよ。エッチなシーンではやっぱり興奮したけど（笑）。

『お父さんのバックドロップ』『寝ずの番』映画化

いま映画話が進んでるものが二作ある。

そのうち一本は、これまで四度、映画化の企画があったけど、そのたびごとにポシャってきた『お父さんのバックドロップ』。今度こそは実現する。主演も宇梶剛士に決まった。宇梶のイメージじゃないんだけどね。十年前だったら、ラッシャー木村がまだいけた。どっちかというと、永源遥とか腹の出たおっちゃんみたいな、主人公はどう考えても勝たれへんみたいなキャラクターの感じだから。映画版では藤原喜明がイメージだったんやけどな。

ま、映画だからなんでもできる。格闘シーン、キックひとつにしてもコマで撮ったりできるから。鄭義信さんの書いた脚本を読んで泣いちゃった。できあがるのが楽しみだなぁ。

それにしても、なぜおれらは格闘技が好きなんかなぁ。ほんとに世界で一番強いのは誰なんか？　っていう問いもあるけど、それだけじゃない。あれはやっぱりお祭りなんやね。世界中のどこの国の格闘技を調べても元は神前相撲に起源がある。神様に捧げる試合。そこで勝ち残った者は栄誉と神の恵みが与えられる。

みんなそうでしょ。試合の前には神に踊り、舞いを見せる。その踊りをしてる最中に背後から攻撃するなんてことは絶対あり得ない。タイのムエタイは死ぬほど見たんだけど、現地に行くと大したことはないんだよね。日本に呼んでショーアップしたほうがお祭りになっててておもしろい。

プロレスに台本があったとか最近も話題になったりしてるけど、おれにプロレスの台本を書かせたら、きっと酔っぱらってむちゃくちゃ書いちゃうだろうね。あとから、どうすんねんっていう。

で、もう一本が『寝ずの番』。津川雅彦さんの初監督作品として映画化される。『寝ずの番』は、落語家の桂吉朝さんと桂雀松さんからおもしろい話を聞かせてもらって書いたんだけど、できたのを読んだ吉朝さんに「この小説はわしらの言うたことを順番に並べただけやないかい」って言われた（笑）。

『らも咄』再び

落語といえば、新作落語集『らも咄』だね。

『らも咄』には入ってないけど、一番最初に書いたのは吉朝さんに書いた「曼陀羅散華」。原稿用紙六十枚くらいある落語で、できあがったのが高座にかける一週間ほど前ってのもあって吉朝さん憶えられなくって、当日は別のネタをしたんですよね。読むとおもしろいけど、多分、やってもおもしろくなかったかも。

その次が桂雀三郎さんに書いた「明るい悩み相談室」。「野性時代」に連載をし始めた頃は未来に残るような傑作を書いてやろうという意志があったんだけど、だんだんそんなことはどうでもよくなって。ちょっとした思いつきで書いていった。肩の力が抜けて、おもしろいものが書けたんだけど。誰もやってくれないんだな。

いままで四十本ほど新作落語を書いたけど、いまはストップしてる。落語家って臆病なんですよ。新作ってのは落語家本人の力量もあるけど、当たるかハズレるかわからないじゃない。だから、おれの書いたネタも誰が高座にかけてもいいようにオープンにしてるんだけど、やってもらえたのは三本ほどかな。

落語家でもちゃんとしたギャグ論とかお笑い論を持ってる人ってほぼいないね。思いつくのは桂枝雀師匠、立川談志師匠、若いときの笑福亭松鶴師匠くらい。

ホワイトハウスには大統領が毎日趣旨の違ういろんなパーティーに行ったとき、しゃべるパーティージョークをつくるギャグメンが二人いるわけ。あんなヤツらでさえ、そんなことをしてるのに日本の落語家は五百くらいあるネタをやってるだけ。こんな笑いって世界中見渡してもどこにもない。

確かに古典落語ってのは死屍累々のあとに残ったものだけあってよくできてる。例えば「時うどん」にしてもよくできてるけど、よその落語会に行ったら、また「時うどん」を別の落語家がやってるとすると、同じネタでは二回は笑わない。そんな客がどうなるかというと、批評家になるわけ。で、「三遊亭円楽のアレはダメだけど、春風亭小朝のアレはいい」とか、そんなことを全員が言うようになる。そうなるのはネタが極端に少ないから。

枝雀さんなら「時うどん」をするにしても「口入屋」をするにしても、どうやったらもっとおもしろくなるかを考えてやってたでしょ。枝雀さんの「口入屋」を初めて聴いたときは職業病でたいていのものは笑わんおれも腹を抱えて笑ったからね。

落語家は東西合わせて七百人くらいいるんでしょ。別に残らなくていいから、一人の落語家が三つネタを新しくつくれば、落語はもっと豊かになる。

そういうことを公言してたら引っ込みがつかなくなって、おれは新作落語を書くようになったわけ。

桂三枝さんに会ったときもそんな話をして「そうですか。頑張ってください」と言われた。三枝さんも新作ばっかりでしょ。「おれは最低五十本をノルマにして書きますよ」って言ったから、あと十本は書かないとダメなんだけど（笑）。

第五章　らもの現実、そして未来

里親になった

映画『アバウト・シュミット』を観たのをきっかけに、去年（二〇〇三年）、カンボジアの子とコロンビアの子と二人の里親になった。年齢は八歳と十一歳。

　こないだもカンボジアの子から手紙が届いて。赤い花がクレヨンで描いてあって、その下に「クレヨンが買えました」って言葉が添えてあった。まだ会ったことはないので、一度会いに行こうと思ってるんだけど、なかなかバタバタしてて行けないな。

『アバウト・シュミット』は、ジャック・ニコルソン、キャシー・ベイツが出てる、定年になったじいさんの話で非常に淡々とした映画。じいさん、娘が俗物と結婚しちゃって、絶望してしまう。おまけに、奥さんが心臓麻痺で死んじゃう。

「私の命も余りないだろう。明日かもしれないし、数年後に死ぬかもしれない。いずれにしても時間の問題だ。私には何も残らなかった」って部屋に入ったら、里親をしてる女の子から手紙が届いてる。手紙にはジャック・ニコルソンと女の子が手をつないでて、赤いお日様が昇ってる絵が添えてある。ジャック・ニコルソンは最後、その絵を見て涙をこらえてる……。ま、それで終わりなんだけど。

おれが里親してる子は二人とも、戦争孤児。送金する金額は月に一口五千円。その辺で一杯飲んだら終わりやん。おれは三口で一万五千円送ってる。カンボジアなんてクメール語でしょ。「フォスタープラン」って団体を介してるんだけど、しっかりしてて手紙にはちゃんと英訳を付けてくれてるのがありがたいね。

いま子供が世界中で一日四万人餓死してる。で、日本の食料自給率は四割で、六割を外国から金で買ってる。しかもその四割と六割を足したうちの四割をゴミとして捨ててるんよね。ハンバーガー屋の裏に行ったらわかるよ。その片っ方では一日四万人死んでる。

とにかくいま食料というのは武器やからね。脅し、ゆすり、たかりの素材や。で、ブッシュはフセインの悪政から民間人を守るために、イラク戦争をしたって言ってるけど、あんなもん、石油の利権と国のメンツや。言うたら、ヤクザやん。ヤクザは素人を刺さないよ。

そんなヤツが平和を願うようなふりをして、覇権主義で世界を制覇しようとしてるんだよ。あんなもん、ゴルゴ13に頼んで殺したらええねん。ブッシュは二十二歳のとき、コカインで捕まってるでしょ。要するにアッパー系のそういう精神構造の人なんよ。ブッシュなんて殺人鬼と言ってもいい。事実上、世界はアメリカ合衆国が平定してるわけだから、世界は殺人鬼によって平定されてるんだよ。

こないだ首相官邸に電話したんや。「小泉でございます」っていうから、「ブッシュとの関係はどうなってるんですか？」って訊いたら、「こないだ膨大な量のドッグフードいただいて、これで当分、食べていけるんですよ」って。アメリカの犬や。

世の中は不可解だらけ

何年か前、選挙出馬の依頼をもらったこともあるけど、政治家なんてまっぴらごめんや。おれは選挙に一度も行ったことない人間。

よく選挙でダルマに目玉を入れて万歳！　言うてるやん。村会議員、市会議員であれ、国会議員であれ、当選したってことは非常な責任を持ったっていうことやろ。万歳なんか言うのん、おかしいやんか。自分の面倒もよう見ないのに他人の面倒を見なあかんのよ。

結局、男は、覇権と利権と名誉欲と、きれいな姉ちゃんと遊びたい、それだけじゃないのか。なかにはいい議員もいるとは思うよ。それがいなかったら、とっくに国ツブれてるよね。

プロレスの興行にレスリング・ベアーという、プロレス専門の熊を呼んだりすると、動物愛護団体がイチャモンをつけてくる。熊は喜んでるのに。試合したら、ウィスキーを飲ましてくれるし、キャンディだってくれる。

愛護団体は何を思ってるのか知らんけど、無知極まりない。マンションでヨークシャーテリアとか飼ってチンチンとかお手とかさせて調教してる。そんなのレスリング・ベアーと何も変わらない。お手するのに何の意味があるの。熊の場合は意味がある。観客が沸くんだから。愛護団体の人は自分は牛肉のレアとかガツガツ食いやがって。牛だってかわいいんだよ。

テレビで牛を解体して肉を出荷するのを観た女のコが肉を食わなくなった。野菜ばっかり食う。怒った母親は「あなたは動物の肉を食べるのを罪悪と思ってるんだろうけど、あなたがいま食べてるお米だって野菜だってみんな生き物なのよ。植物と動物の違いがあるだけで」って言った。

そしたら、女のコは水しか飲まなくなった。で、オチがどうなるんだったたか忘れたけど、「水の中にも微生物がいるよ」って言われたら、もう死ぬしかない。

欧米のご婦人が着てるミンクやチンチラのコート。そんなのを着ながら、クジラを守れとか言ってるんだから。頭の構造がおかしいとしか思えないよ。

それを考えると、ギターなんてのはなにも殺さない。あっ殺しちゃうな。象牙をパーツに使ってるのあるから。

それを考えると一番すごいのは三味線。バチは象牙、コマ（糸巻き）も象牙、それで猫の皮を使ってる。

これほどむちゃくちゃな楽器もないわな。バチを使わないときは鼈甲《べっこう》のピックでないとダメ。鼈甲ってのはタイマイだからね。

五十代ロック

ロックだけは十四歳から始めて、途切れたことなしにやり続けてる。ま、病気やね。病気っていうか、一応うちの事務所の売り上げってことでやってるんだけど、ツアーに行ったりすると、移動費、宿泊費なんかで会計的には大赤字。とにかくミュージシャンにギャラを払うってことを一番優先しろって言ってるから、その分ヘコミが来るわけ。それでも一生やるやろね。それこそ、車椅子に乗るようになっても。

こないだ大阪のビッグキャットで山口冨士夫さんとルイズルイス加部さんとロックやったんだけど、楽屋で加部さんと話してて、加部さんが笑ったら、前歯あらへんねん。あの人の歯、シンナーで溶けてしまってる。冨士夫も見たら、前歯あらへんねん。「どうしたん?」って聞くと、「入れ歯をなくしちゃったんだよ、おとついのライヴで」って。冨士夫の歯はヘロインで溶けちゃった。おれの歯は義歯。シンナーとかコデインじゃなくって、おれの歯は虫歯でダメになった。ほかの歯は丈夫なもんだ。四本くらいダメになってるから入れ歯にするわけで、丈夫な歯と丈夫な歯の真ん中がダメやったら義歯を入れたらいいわけ。

そのとき、あれこれ考えたんやけど、これからの音楽っていうのは五十代ロックやと思ったね。みんなうまいし、味が出てきてるし、ヘンな野心がないじゃない。加部さんなんか、スタッフに「お客さん、ジャンジャン入ってます」って言われて「あんまりたくさん来たらイヤだな」とか言ってんの（笑）。そんなだから、つくる歌だって邪心がない。忌野《いまわの》清志郎だってそうだよ、すごい子供っぽい。

一時、腱鞘炎でギターを弾けないこともあったけど、いまは大丈夫。昔ほど原稿も書かないし、ギターも弾かないもん。ほとんど気持ちだけはキース・リチャーズになってる（笑）。ストーンズはもう六十代。結構みんなしぶといというか、毛唐は丈夫やねえ。日本で六十代でやってるっていうと、かまやつひろしさんと内田裕也さんくらい。寺内タケシさんは別格でしょ、お師匠さんやからね。

朝起きたら歌ができる

最近、よく歌ができるの。一日に三曲書くときもある。一番冴えてるのが朝、起きてすぐ。この前、すっごいイヤな夢を見て目が覚めたんだけど、♪悪い夢を見たんだ〜♪ってフレーズができたんよ。あ、これ、結構いいやん。メモしとこう。でも、小便行きたい、でも、行ってたら、忘れる。どないしょう。そや、メモ帳持って小便しよって。

♪　悪い夢を見たんだ　君が帰ってこない
　窓の外は真綿のような雪　心も凍りついたよ
　悪い夢を見たんだ　君の置手紙
　あなたは自分らしく生きてね　私もそうするわ

……最後は目が覚めたら、君が横で寝てたっていうハッピーエンド。

小便しながら四分でできた。

最近、「アイ・シャル・ビー・リリースト」もライヴでよくやる。自分流に歌詞を替えて。勾留されてたとき寒くて寝られなくて、ただ夜明けが来るのを待ってたわけ。永劫の時間かと思うくらい長かったんだけど、そのうち、空が白んできて、チュンチュン雀が鳴いてくる。あ、朝がきよる。そのときに……♪朝日は昇るよ、少しずつだけどね〜♪……って歌詞を替えて歌ったんだよね。

そんなふうに次々曲ができるのはいいんだけど、あまり増えたら、ライヴで消化できなくなるのが残念。いまで二百曲あるからね。いまのバンド、MOTHER'S BOYS《マザーズ・ボーイズ》のメンバーは全員上手い。問題はおれだけや。

とにかく一番気持ちのいい瞬間は「カデンツァ」っていってライヴでラストのジャカジャーンを弾いてるときやね。歌はその日によって違うからね。おれは不器用やから、胴間声、塩辛声、その一本槍。

声もこの歳になってちょうどいい感じになったな。アメリカでいう、バーボンボイス。ボボ・ブラジルのヘッドバットみたいなもん。小技はなんにもでけへん。しょうがないわな、それは。

バンドにオファーがいっぱい

いまバンドへのライヴ・オファーがいっぱい来てる。

去年からうちの事務所の自主公演として「らも・ミート・ザ・ロッカー」ってシリーズもやってて、一回目のゲストは石田長生さん、二回目は大槻ケンヂ、三回目はかまやつひろしさんに来てもらった。次がラストなんだけど、ゲストは町田康。おれ自身も楽しみにしてる。

こないだ、町田康の『つるつるの壺』の文庫本の解説を頼まれて。おれは最初の一本しか読まずに書いたんよね。あとはどれを読んでも一緒だろうと思って。初めて出会ったときの話からして、この人はE_7。どこまでいってもどこまでいってもE_7やと書いた。

おれの好きな作家はみんなそうなの。バロウズはB♭、ヘンリー・ミラーはDm。そういう批評の仕方で。初めて『くっすん大黒』を読んだときはこれは傑作だ、とんでもないヤツが出てきたと思ったが、同時にこんななんの役にも立たん小説も珍しいと思ったと書いた。

町田の作品はほかにも『夫婦茶碗』『へらへらぼっちゃん』とか結構読んでるからね。

で、そのお返しに『バンド・オブ・ザ・ナイト』の文庫の解説を町田に頼んだ。『バンド・オブ・ザ・ナイト』は出版したとき、いわゆる書評家って人は全員逃げたんだけど、それを町田は真っ正面から評論してくれた。嬉しかったね。おれは同時代の作家で読んでる人はほとんどいないけど、唯一といっていいほど町田は気になるね。同時代の人の本を読む時間があるなら、古典からプラトン、ヘラクレイトス、ラシーヌとか……そういうのを読むからね。

音楽もいま全然おもしろくないね。Jラップとか流行ってるみたいだけど、ラップには日本語は向いてないでしょ。

ポール・マッカートニーがいいことを言ってたね、「音楽は螺旋《らせん》状に進化する。時間をかけても元の位置のちょっと上に戻ってるだけ。それで、また旋回していって、元のちょっと上に戻ってくる」って。

ついこないだまで野坂さんの昔のアルバム『絶唱！　野坂昭如』を毎日聴いてた。ほんと歌だけの作品なんだけど、どれも詞と曲がすごくいい。書いてる桜井順さんと能吉利人さんって同一人物でしょ。カバーしようと思ってるんだよね。

死んでもいい

大麻所持での裁判のときは刑務所に入るつもりでいた。弁護士に釘を刺されてたのに、大麻解禁論をぶち上げてしまって。

結局懲役十ヵ月、執行猶予三年って判決をくらってしまった。執行猶予三年だから、その間、なんにも悪いことできない。

いま小説の腹案がいくつかあるんで、それを書いたら、もう死んでもいいわって思ってるんだけど、実際書くとすると、書いてるうちにまた別のアイディアが出てくる。それが出ないで困ってる人もいるんだから、贅沢な話だね。

死んだら、献体はしようと思ってる。手続きをしてないだけで、ドナーカードってのはもらってるんだよ（内臓は年齢制限があって無理らしいけど）。そりゃ、役に立ちたいよ。おれの場合、焼いたって赤い煙が出るだけだからね。

死んだらそれで終わり。鳥葬だろうが、なにだろうが、おれはもう関係ないんだから。葬式はイヤだね。周りの人間の結婚式には年上の人の立場ってのもあってよく行くんだけど、葬式は行きたくない。葬式で黒い枠縁の写真を見ちゃうと、ああ、ほんまに死によったんやなって思っちゃうでしょ。あれさえ見なかったら、どっかでひょいっと会うかも知れんって思えるもん。香典も払わんでいいし。

〝なりゆき〟は必然である

おれは全部なりゆきで生きてきた。人間っていうのは分かれ道に来たとき、Aの道に行きたいけど、でも自分には不可能、だからBの道を行こうってふうに不可能な道を絶対進まないの。

だから、いまある自分ってのは結果として必然の蓄積なわけ。

おれはいままであのとき、こうしたほうが良かったとか、悔やんだことは一度だってない。子供の頃からずうーっとなりゆきだもの。

大学に入ったのもなりゆきだし、就職活動もなりゆき任せ。もうすぐ卒業するっていう二月まで何も考えてなかった。あっ、働かないとダメなんやと思って、慌てて就職先を探したけど、入れるところなんてない。そしたら、公認会計士をしてた叔父が「おれが見てる会社で、去年、社員旅行でグァム旅行に行った会社あるけど、行くか?」と言われて、なんのためらいもなく「行きます」って入ったんだ。おれの一年目の社員旅行は塩田温泉だったけど(笑)。

ほんと、なりゆきでいまみたいになってる。「エッセイ書いてください」「小説書いてください」って頼まれて、「できるかどうかわかりませんが、いいですよ」ってやってるうちにこうなってしまった。

一度も自分から書かせてくださいと頼んだことはないのに。

五十二歳、熟年、老人ホームで会いましょう

老後のために、いまのうちにいい老人ホームを探しておきたいね（笑）。市役所にこないだ問い合わせをしたんだよ。で、「五十二歳はなんて呼ばれてるんですか？」って訊いたら、「熟年と呼ばれます」って。そうか、おれは熟年か。それで女にモテるんやと思ったよ。

いまオヤジ狩りとかよくあるけど、もしおれも十七歳だったら、それに加わったかもしれない。

二十五歳くらいのとき、大阪・堂島にあるサンボアバーっていう渋いバーでブルースピアノを弾いてた鈴木と行って呑んでたら、カウンター席にでっぷり肥えたハゲのオヤジがかわいいギャルにはさまれて「イタリアに行ったときは……」とか言うてええカッコしてるのが耳に入ってきたわけ。

その頃、おれなんか外国にも行ったことない、女もおらへん。そこ、決して安い店じゃないのね。おれらは近くの立ち呑み屋が満員だったから、仕方なくそこで飲んでただけ。なんかムカムカしてきて、このデブめ！　とか思ってたら、鈴木が「ハゲの文化人」って言い出したんやね。先越されたなぁと思ったよ（笑）。「ハゲの文化人、ハゲの文化人」……なんべんも言うてたら、さすがにおっさん、自分のこと言われてると気づいたんやろね。くるっと振り返って「ボクは文化人なんかじゃないぞ」って。鈴木は「そしたら、ハゲは認めんのか」って言い返した。そしたら、バーテンが来て「お客さん、なんてことをおっしゃるんですか。お代は要りませんから帰ってください」言われて。二人、店を出てから「わぁ、タダになったあ」って喜んだことがある（笑）。

若かったら、そういう手合の憎しみをオヤジたちに抱くだろうね。

でも、そういうオヤジになっちゃったんだよね、おれも。こないだ、かわいい女のコ二人を連れて、すっぽんを食いに行ったんよ。最近はわざとそういうふうに振る舞うようにしてるところあるな。パンツをサルマタ、ハンガーを衣紋《えもん》掛け言うてみたり。

大麻は合法になる

大麻も五年から十年でアメリカは合法になるよ。まず医療大麻が合法になる。アメリカでは医療大麻はかなりの州で合法になってるんですよ。マリファナが合法かどうか州民が決める合議制ってシステムがあって。

いま実際に解禁されてるのは六つの州なんだけど、合議制で投票した結果、いまんところ十五州が賛成で、まだ投票をとってない州がかなりあるんだけど、賛成が二十五州を越えたら、連邦議会に法案が提出されることになる。

ブッシュだったら、票が減るのを恐れるでしょ。だから当然合法になると思う。そのとき、日本がどうするかや。

国が売ればいいんだよ。JTが売ればいいんだよ。そうすれば日本のGNPは下がるよ。もう働く気がしなくなる（笑）。犯罪も減る。

スナックで酒飲んでてロゲンカになって、いっぺん家に帰って庖丁を持ちだしてスナックに取って返して相手を刺し殺したなんて話、しょっちゅうあるけど、大麻を吸って人を殺したなんて話、一件もないからね。

従来の嗜好品であった酒、タバコのほうが立場が危うくなってくる。実際いまタバコの責められ方ってエグイもんあるから。犯罪者扱いやもんね。

「らも教」のご託宣

文才が枯れたら、「らも教」っていう新興宗教をつくるわ。ご神体はおれのペニス。

まず、ありがたい御説法ってのがあるわけやね。「世界とは光と影でできている。生きとし生けるものは、生きている以上、光のほうへ行くべきだ……」みたいなことを言う。それで、おれがエースコックのワンタンメンを食べる。そのお下がりのスープだけ信者にふるまうの。

京都・宇治に黄檗《おうばく》山万福寺ってのがある。明の時代に隠元禅師って人が日本に初めて木版の活字を持ちこんで来たりした禅寺で、臨済宗、曹洞宗、黄檗宗といって禅宗の三流派の一つなんよね。

「週刊現代」から「そこへ行って、お坊さんの話を聞いて、写真を一枚撮らせてください」って依頼があったから引き受けたんだけど。おれ、そこよく知ってたの。広告屋のとき、墓場のチラシとか、そういうのを納品に行ってたんよ。

そこ、宇治霊園って墓場もやっとるわけ。環境もよくて、少年院、精神病院、墓場に囲まれた静かなところや。水子の供養塔がずらーっと並んでる。看板見たら、「宇治霊園は黄檗宗万福寺の作った霊園です。禅宗というのは哲学であります。哲学でありますから、普通の宗教ではありません。したがって、キリスト教、イスラム教、マホメット教、何教の方でもお墓には入れます」って書いてある。うまいこと言いよんなぁって感心してた。

それから爾後二十年、週刊現代の仕事で行って、万福寺に入ったら、でっかい布袋《ほてい》さんが置いてある。ずた袋、パンパンになってデブデブや。にこーって笑っててね。待ってたら、そこの坊主が三人出てきた。

一人が週刊現代の人と一生懸命打ちあわせをしてる。何を話してるんやろうって思ったら、なんかお墓関係のイベントのことや。おれと話しに来たのに。で、坊主に「あの、この入り口に布袋さん、置いてありますよね」って言うてやった。

ほな、ギョッとした顔でこっち見て「はい、置いてございます」。

「禅宗いうのは哲学ですよね。その哲学の禅宗が布袋さんを置くってのは、偶像崇拝に当たるんじゃないですか？」

「いえ、人間というものには、すべて、仏性というものがありまして、この布袋さんというのは弥勒《みろく》菩薩の化身でございます。弥勒菩薩というのは……」

「弥勒菩薩は知ってる。五十六億七千万年後に地上に顕現して愚かな衆生を救ってくださるって仏様ですよね」

「はい、さようでございます」

「五十六億七千万年たって、おれ、生きてますかね？」

「ほー、それはおそらくは死んでおられますでしょうな」

それからいろいろ禅宗の話もあったんだけどね。

「布袋さんというのは後梁《こうりょう》の時代に実在した人物で、大きな智恵を人々に与えた、それに対する喜捨としてお金やものや酒や米や食べ物をもらった。それを袋に入れていた。智恵が大きかったから袋も大きいんです」

「ということは布袋さんというのは乞食ですか？」

「はい、僧侶というものはすべて乞食でございます」

「それはいいんです。わたしの職業、小説家も乞食ですから。で、おたく、宇治霊園っていうのをお持ちですよね。あそこで水子供養ってのを一口三十万円でやってらっしゃいますが、乞食である僧侶がそんなことやっていいんですか?」

そう切り込んだら黙ってしまいよった。なにが哲学や。なんで哲学が水子供養やらなあかんのや。

うちのオヤジは無教会派のキリスト教徒で、内村鑑三なんかをよく読んでる人だったんで、キリスト教は小さい頃からわりと知ってた。で、仏教は漫画で読んだ。あとから般若心経とか読んだくらいで、あんまり詳しくはないんだけどね。

寺や神社にはほとんど行かないんだけど、事務所の向かいが玉造稲荷神社やから、たまにぶらっと横切ったりする程度。神社仏閣ってのは午後四時以降行ったらダメなんだよ。悪いものが集まってくる。

宗教って入るとラクでしょ。宗教は阿片と言うけど、阿片よりラクかもしれへん。阿片は切れるからね。入って、教えられたことをずっとやってると位階制があって、位が上っていけて、成就感もあって、自己満足もできて……ラクチン。山の中を突っ走るとか、苦行僧みたいなむちゃな修行もせんでええし。

それと一緒で思想も主義も一緒。おれは嫌いやねん。思想、主義ってのは砦《とりで》。だから、どんな過激な行動をしてても、その人は思想っていうあったかい砦の中でぬくぬくしてるわけよ。主義も同じ。それやったら、いっぺん裸になって表に出てみろ。外は大風だよ。現実を見ろと。それと「自由は不自由だ」ってのはわりと通底してるね。

思想、主義がなくて、やっていこうとすると、とても疲れるんよ。

おれは娯楽小説家やから、仕事の面は大丈夫よ。でも、普通の生活と生き方の面では、すべて自己解決しないとダメ。参考にするモデルがないんだから。

文芸作家の協会もあるときにやめた。会費がもったいない。名簿を送ってくるだけやもんな。なーんにもないもんな。

愛は苦しいけど、洗脳はラクやから。誰か、おれを洗脳して田代まさしみたいにしてくれ！　で、ＡＶ撮るんや（笑）。

ちょっと勉強したら、そのヘンの主婦とかだまくらかすの、わけないよ。インドでは昔から「リンガ・ヨニ」って言葉があって、日本語で言えば「陽根・陰門」ということで、陰陽の交わりによって生じるナントカカントカで……「では、一番のあなた、こちらへ来なさい」。で、セックスして。今日はこれで終わり（笑）。

優しい人に気をつけろ

この前は、映画の撮影で川崎まで行ってきた。例の『お父さんのバックドロップ』の映画化。おれの役は散髪屋の大将、川崎の下町の小さな理髪店借りてロケ。

おれのセリフは、

「へ。どないさしてもらいまひょ」

「モ……モヒカン?」

「ちょっと待っててや。すぐできるさかいな。オシャレーなモヒカン」

それだけ。

でもこのシーンを撮るだけで二時間かかった。ほんま、映画って大変やなぁ。監督っていうのは、かなり根気のある人でないと勤まらんね。それだけにクランク・アップしたときには嬉しいやろうなぁ。ビール旨いやろうなぁ。

映画に出るのは三本目で、『星くず兄弟の伝説』(伝説的X級映画)、『サムライ・フィクション—SF—』、そしてこれ。

テレビドラマは、けっこう出てる。NHKの連ドラにレギュラーで出たこともある。どっちにせよ撮影の場ってのはとにかくヒマ。

「天気待ち」とかいろいろあってね。役者同士必然的に仲良くなる。スターとスターが恋に落ちるのもよくわかるよ。あの業界ってほんっとに世間狭いんやもん。

最初の『星くず……』は高田文夫さん、景山民夫さんにおれ。放送作家三人で、三人ギャングっていう設定やった。おれは車を箱乗りしてピストルを撃つっていう、ちょっとおいしいとこもらったな。この前のトーク・イベント「らもはだ」で高田文夫さんに来ていただいたら、

「景山は死んじゃうし、らもはパクられるし、マトモなのは俺だけじゃねぇか」

って客に言ってたね。

景山さんともおれは、けっこう仲良かったんだよ。あんなに知性豊かでウィットに富んだシャープな人が、どうしてあんな宗教に入っちゃったのかは、未だにわからないね。何かとてもピュアなものを心の奥に秘めてらしたんだろうね。

今、公私で会う人はなぜかおれより三歳くらい上の人が多いな。

仲畑貴志さんとは馬が合うね。

昔は〝ケンカの仲畑〟って有名やったんや。一度、

「ケンカの仲畑ってのはクライアントとケンカするんですか。それともストリート・ファイトなんですか。どっちなんですか？」

って訊いたんや。そしたら苦笑いして、

「両方だよ」って。

この前の三回目の「らも・ミート・ザ・ロッカー」（新宿ロフト）のときは、かまやつひろしさんがゲストだったんだけど、前売がかんばしくなくて、二十枚しか売れてなかった。それではゲストのかまやつさんに合わせる顔がないじゃない。だから、おれ、出版社関係をベースにして丸一日、五十本くらい電話したよ。来てってね。そいで仲畑さんにも電話したら、

「ああ、そうか。俺がバーンと買って、みんなにバラ撒きゃいいんだな」って。

ライヴ当日来てくれはったんで訊いたら、五十枚買って広告関係の若い子に配ってくれたんやて。二十万円やで、五十枚。

あの人と野坂昭如さんには、おれ、頭上がらん。〝腹切れ〟言われたら切るよ、おれ。あとで縫い直すけど。

作家で友達いう人はほとんどおらへんなぁ。マンガ家はね、萩尾望都さんとか山岸涼子さんとかとメシ喰ったり芝居見たりする。

山岸涼子さんは小柄でいっつもビシッと和服を召してらして、リスみたいな感じの可愛い人。うん、やってみたい。体位は……。何言っとるんだおれは。

女の子でいうと有名人の娘《こ》は少ないな。山田まりやちゃんとか早見優ちゃんとか、本上まなみさんとか。藤谷文子ってのはおれの偽の娘。

でも食事とかバーとか一緒に行ったことはないなぁ。

でも、五十越えてから身辺に可愛い女の子がなぜかうじゃうじゃ出て来て。

これは何か「五十路《いそじ》フェロモン」みたいなものが出てるんやろうね。ハッキリ言ってモテてます、私。

でもね、酒飲んだりするくらいで、そこから先へ行くなんてことはない。おれ、せっかちやから、パンティ脱がせるまでのプロセスが面倒臭いの。だからこの丸八年間、一回もセックスしてません。

こういうふうにギラついてなくて、枯れかけてて、ただただ優しい。すると女の子は安心して好意を持ってくれる。それでモテるんやろうね。

よくリサーチなんかで女の子に、どういうタイプの男が好きか、なんて調査してるでしょ。答えはもう判で押したように「優しい人」。

でもね、若い女の子はみんな勘違いしてる。「優柔不断」と「優しさ」をね。「優しい」って言われる奴はただ小心なだけで、そんな奴は誰にでも「優しい」んや。ほんとに優しい人ってのは、強い人。もちろん空手四段とか、そういうことやなくて、人間的にいくつもの苦難を乗り越えてきて結果的に強くなってしまった人。そういう人だけが本物の優しさをたまにチラッと見られてしまうことがあるわけやね。

おれ自身？　おれ自身はどうかというと、昔に比べると随分強くなったものの「発展途上おじさん」です。

近未来を占う

今年（二〇〇四年）の四月三日で五十二歳になったんだけど、自分ではこんなに長く生きるとは思ってなかったので腹づもりができておらず、途方に暮れているのが実情。

おれの予定では自分は三十五歳で死ぬことになっていた。

「お前は三十五歳で死ぬ」

と三人の人間から言われた。

一人は友人、一人は易者、一人は医者。

全然別々の人間から異口同音に三十五で死ぬと言われれば、誰だって信じざるを得ないだろう。また自分自身でも三十五というのは説得力のある数字だった。

十八歳から絶え間なく摂取し続けてきた大量のアルコール、向精神薬、睡眠薬、シンナー。こんなメチャやってて四十も五十も生きてられるわけあらへん。

実際欧米でも若くして亡くなるミュージシャンが多数輩出してたんや。おれの年代はそれをリアルタイムで見ている。

ストーンズのブライアン・ジョーンズ、ドアーズのジム・モリソン、ジャニス・ジョプリン、ジミ・ヘンドリックス、T・レックスのマーク・ボラン、オーティス・レディング、シド・ヴィシャス、ウィルソン・ピケット、ジョン・レノン。

オーバー・ドーズによる死が多かった。

あとは交通事故、飛行機事故、自殺、他殺。二十七歳で死んだ、いうのもなぜか多かった。

それにな、おれの周り三百六十度見渡したら、ほんまに死屍累々やんか。

自殺が一番多かったけど、ドラッグやり過ぎて動けんようになって、衰弱死いうのもあったし、車に轢《ひ》き逃げされて死んだ、いうのもおった。

クスリやるのは、ましてやクスリやった上に酒飲むいうんは死ぬ確率を己れで高めてる、いうことなんや。

だから三人の人間に「三十五で死ぬ」言われても、別に何の動揺もなかった。

逆に、

「三十五？　そんな長いこと生きてられるんかいな」

と不信感を持ったくらいや。

それで何かつるつるつるっと生きてたら、あっという間に例のアルコール性肝炎で入院でしょ。

「とうとう来よったな」

って感じでね。血液検査したらγ《ガンマ》GTPが千二百もあって、

「あ、こらもうあかんわ」

っていう諦念が起きて、心の中は静かやった。慌てず騒がず臥して死を待つ。

ところが治ってしもた。

そのとき、書きたいものが三つあったのね。

『ガダラの豚』と『バンド・オブ・ザ・ナイト』と『空のオルゴール』。死に損ねやから、あとはおまけや。

この三つ書いてから死の、と思って髪ふり乱して書いたよ。

ところがね、小説書いているうちに、また別のアイディアが浮かんでくる。

ポコッ、ポコッって感じかな。

今のところ腹案は三つくらいかな。

『キッス・イン・ザ・ジェイル』ってタイトルもストーリーも決まっているものもある。これは「泣かせ」やね。ギャグ、ホラー、オカルト、ヴァイオレンスと、いっつも違う畑を歩いてきたけど、まあ根無し草《デラシネ》です。

定住民族にはなれない。だから今度はティアー・ドロップ・ノベルをやってみようと思う。

「泣かす」のは「笑わせる」「恐がらせる」に比べると、ずっと簡単です。

いまんとこ持ってる連載は「月刊Jノベルズ」の『ロカ』一本きりで、一回四十枚。いままで書いてきたけど先行き何十回になるかは見当がつかへん。

副題に「近未来私小説」とあるように、私小説だから、主人公は「おれ」。ただし年齢が六十八歳って設定になってる。

内容はというと、おれは十年ほど前に『死ぬまで踊れ』というSF冒険小説を書き、それが六百万部の超ベストセラーになって、九億円の印税が入ってくる。

息子と娘はもう結婚して家を出てしまったんやが、唯一、残った妻がある日、何の理由もなく、ふと居なくなってしまう。

老人作家は途方に暮れた挙句、家を一億円で売ってしまう。それ以来老人は新宿のホテルを年契約で借りて独り暮らしを始めるんや。

老人は、もう筆をとることをしない。娯楽小説作家であることにうんざりしてるねん。毎日「ロカ」を持って新宿の街を散歩するのが日課や。「ロカ」は彼が命名した奇怪なギターの名前や。ロカは一つのボディに棹、ネックが二本ついてる。一本は六弦、もう一本は十二弦ギターや。ギターのシャム双生児みたいなもんや。奇型性にひかれる、そういう爺さんなんや。

爺さんはある日、渋谷のNHKの生番組で放送禁止用語だけでつくられた歌を高歌放吟して番組をメチャクチャにする。

爺さんは昔、進駐軍のキャンプでロカビリーやブルースを演《や》ってたんで演奏はまあまあや。

爺さんは、間違えて入ってしまったライヴハウスで伝説のロッカー、クレオの演奏を聴いて血がたぎるのを覚える。

そしてバーでクレオと出逢い、知友になるんや。この辺りから段々爺さんのアナーキーな動きが激しくなっていくねん。

チェーンソウにピックアップつけて木を切断するノイズ・ライヴやったり、ファッション左翼のバンドのリーダーと対談して、そいつをスタンガンで失神させたり、禅宗の坊主の虚偽を喝破したり、十九歳の清純な女の子に懸想《けそう》してしもて、恋患いになったり、ホームレスの聖者に出会ったり、話はどんどんヴァイオレンス、フィロソフィー、アナーキー、そういったものの、ごった煮になっていく。

六十八歳のおれがいろんなトラブル、アクシデントの中でどう「老人力」を駆使して生き延びるのか、あるいは死と対峙《たいじ》するのか。だからこれは「体験小説」やね。そしておれにとっては「小説体験」になるやろう。エクリチュールがおれに「体験」をさせる。もしくはエクリチュールがおれを何処かへ拉致する。

おれが行ったことのない地平へね。

その結果何が起こるのかは、いまのおれにはわからない。傑作になるのか超駄作になるのか、それもわからない。

どっちでもいいんだよ。おれには「体験」が必要なだけでね、文学的価値なんかには興味ないんや。読者には申しわけないけどね。非常にエゴイスティックでムチャクチャやけど、たまにこういうことするね、おれって。

『バンド・オブ・ザ・ナイト』のときもそうやったからね。新興宗教の開祖のおばはんのお筆先だって、もうちっと理解可能な文章を書くよ。あれはね、飲まずに書いたんだよ。言葉というツールで、ストロボ・フラッシュ、レーザー・ビーム、リズム・マシーンとエレクトリック・ベース、つまりビートやね。

読んでいくうちにLSDをやったときみたいな脳内麻薬物質が滲出してくるような、そういうものをつくりたかった。

だから小説というよりは、ある種の「装置」やね。ミュージシャン系統の人が一番ヴィヴィッドに反応してくれたんやけど、それはわかるわ。

あれは名詞と名詞が接続するときにスパークしてビートを刻むようにつくってあるからね。

寝言は寝てから――。

ま、こうやっていろいろとイタズラ続けてるうちに、いつかあの世行きってことになるんだろうけどね。おれはけっこう楽しみにしてるんだよ。だってね、一生にたった一回しか死なれへんねんで。三島由紀夫は産まれるときに産道を通って出ていったときのことを覚えてるって言ってるけど、あれちょっと眉つばやで。おれはもちろん、産まれたときの記憶なんか一切ない。最初に言ったけど、覚えてるのは生後九ヵ月の頃に、母親のおっぱいがぐぅーっと迫ってきて、その乳首にかぶりついた。それは覚えてる。

だから自分の死こそは覚醒した感覚でしっかりと体験したいね。痛かろうが苦しかろうが、そんなこたどうでもいいんだ。死ねば苦痛は消えるんだからね。

問題は死んだあとだ。どうなるのか、何かが待っているのか、それともいないのか。

ほんとに光のトンネルを抜けると花畑があって、死んだ自分の血族がおれを待っているのか。臨死体験者は皆同じことを言うが、おれは信じてない。断末魔の一瞬の幻覚だ。人間の体というのはダメージを受ければ苦痛を抑え、ＥＡＳＥするようにできているんや。ジョギングしてて、しんどなったらβ《ベータ》エンドルフィンが出てきて、うっとりさせてくれるようになってるでしょ。死に対しても、そういう配慮が働いてて、痛くて無惨な思いのまま死なないように、脳が最後の大サービスで幻覚を見せてくれるシステムがＤＮＡに組み込まれてるんや。実際に待っているのは「無」。

おれは、そう思っているのだが、一方で別な考えも持っている。

ユングの言ってる「集合無意識」ね。あれをもっともっと拡大解釈して、「地球生命体の総合意識」みたいなものがあって、成層圏内から地下何十キロくらいまでの分厚さで地球全体を包んでいる。個体生命は死ねば肉体から放たれて、その集合意識に帰っていく。「個」から解放される。新しい生命はその集合体から個体に移る。

この集合意識が進化や突然変異を司っている。そう考えないとダーウィンのような骨董思想の呪縛にいつまでも足を引っ張られることになる。

「神は死んだ」とニーチェが言い、
「ロックは死んだ」とジョニー・ロットンは言い、
「らもはもう死んでる」とおれの読者はみんな言うてるで。寝言は寝てから言え。

特別対談　伊集院静×中島らも

「アル中 v.s. ギャンブラー」

この対談は「小説現代」（講談社）
一九九二年一月号に掲載されたものです。

酒と薬

中島　お住まいは京都のどこですか。
伊集院　左京区の白川通りの銀閣寺のそばです。吉田山のふもとと東山の下の真ん中ぐらいにあるところでね。
中島　大阪に飲みに来るときは、あそこ行かれるでしょ。下がラーメン屋になってて「石の花」がある細いビルのバー……名前忘れましたけど。
伊集院　ああ、細いね。名前が思い出せないな。あんなによく通ったのに……。二日酔いだな。
中島　あそこって、もし焼けちゃって跡地見たら、びっくりするような幅ですよね。人間が住めないような、左右のビルに寄っかかって建ってるようなビルですもんね。
伊集院　あっ、思い出した。「イブ」。
中島　「イブ」。その向かい側に「ベトナムラーメン屋」っていうビルがあるんですが、立ち退きしろといって、ヤクザが入ったんですよ。ベトナム人でしょ。最後に交渉がなかなかまとまらなくて、「殺すぞ」っていう話になったんです。そのビルの持主が、「かまわん。オレはベトナムから命のないとこを日本までなんとか逃げてきたんだ。何も怖くない。あるのはこのビルだけなんだから」ってね（笑）。で、どっかで手ェ打ってなんとかしたみたいですけど。その話を聞くと、やっぱりベトナム人は強いなぁっていう。大阪はそういうのの集大成ですよね。

伊集院　大阪もわりと行くんですよ。大阪のほうが飲みやすいから、「イブ」とか、あと「チルドレン」とか行かれませんか？

中島　いや。一回もないです。

伊集院　「チルドレン」というのは女の子三人でやってて、とにかく面白いの、店の子が皆客を見下してるって感じで。黒色系と日本黄色系の混ぜこぜがいてね。その黒人のハーフの女の子も大阪弁しかしゃべれなくて、けっこういいとこで、「掘ごたつ買ってくれ」とかおかしなことを言うやつらでね。お客が来ると、みんな〝チンボ〟と呼ぶんですよ。電話してもね、「私何々です」というと「おー、チンボ、元気か。掘ごたつ買《こ》うてくれ」と言うんですよ（笑）。その掘ごたつというのはどういう意味があるのかわかんないんだけども。

中島　最近、あんまり外で飲まないんですよ。体いわしてから。昔はメチャしてたから。一番すごかったのはね、「地獄バー」って呼んでたとこがあったんです。大阪の変な港みたいなはずれのほうにあるんですけど、オカマと色情狂の女とちっちゃな女の三人でやってるんですよ。時々ミサオちゃんという牛みたいな顔をしたオカマが一人手伝いに来るんですね。ここ以下はないなっていう飲み屋でした（笑）。時々オカマのママがね、「今日はみんなでパーッとこの店で遊びましょ」なんていって鍵をガチャンとかけられて、もう出られないわけです。そこにピターッとはまっちゃいましたね。一回行ってから、いっとき三日にあげずぐらい行ってました。気持ちよくてね。

伊集院　へぇー。何年ぐらい続いたんですか。

中島　二年ぐらい行ってて、最後大げんかして叩き出されて、「二度と来ないで！」って言われて（笑）。

伊集院　それだけ飲むと言語とか思考とかは働くんですか。

中島　ええ。ブッツンというのはほぼないんですけどね。そのころは睡眠薬遊びと併用してたから。そのころの睡眠薬というのは凶暴になるんですよ。一回、うちで飼ってる猫に飲ませてみたんです。猫でもラリるから、腰がへしゃんとなっちゃって、いつもは上れるテーブルの上に上ろうとするんだけど、爪だけ立ててズルズルズルーッと落ちていったりするんです。そのときウサギと一緒に猫を飼ってたんです。これは子猫と子ウサギのときから一緒に育ててるから、違う動物といえどもすごい仲がい い。ラリだした次の日に行ってみるとね、そのウサギは首だけになってた。

伊集院　へぇー！

中島　普段ある、人間だったら脳の表層の文化圏みたいなのが全部なくなって、ほんとの元に戻っちゃったんでしょうね。これは友達でもなんでもない、食べたいっていう次元まで退行したと思うんです。人間でも見てると、ラリってるとすぐケンカするんです。

伊集院　ハルシオンも、五錠、六錠と女の人が飲んじゃうと、完璧に覚醒した状態が出ちゃうね。それでアルコールを入れると、半日ぐらいまでずーっと大丈夫な状態で起きてる。

中島　うん。そうです。ただ女の人でも、僕らの幻想で、この人はおしとやかだとか思ってるけど、それは一番上の部分ですよね。そういう膜で覆ってるようなのがガバッと取れちゃうから、急にモノにいじ汚くなったりとかね（笑）。一番端的なのは、ずーっとそういう薬を飲んでると、その薬に対していじ汚くなるわけです。例えば男と女と二人でラリってるでしょ。そこで薬の貸し借りができてくるわけですよ。それで「この間八錠貸したでしょ」という話になってくるんです。「いや、その前に何とかのディスコへ行ったとき、オレが三錠貸しただろう」「覚えてない」「覚えてないじゃないだろう」ということでつかみ合いになったりね。それはおカネと一緒なんだけど、要するに処方箋がないと買えないわけですから、おカネと替えられないわけですよ。モノがこんだけしかないわけですから。で、すごいやりとりになって、愛情はどこへ行ったんだろうと（笑）。そういうのをいっぱい見ました。

伊集院　ハハハハハハ。

中島　怪談見てるみたいでね。もうだいぶご無沙汰というか、やめたんですけど、やっぱり連綿《れんめん》と続いてるんですね。

伊集院　そのエンドレスなところがいいんじゃないの。

——中島さんはギャンブルはやらないんですか。

中島　マージャンぐらいですね。マージャンも芝居のあとなんかで「メンツが足りない、誰かマージャンしませんか」という声が聞こえてきて、どのぐらいのレベルなのかわからないから「点どれぐらいでやるの？」「点どれぐらいってどういうことですか」「フは勘定で切るの？」「フ？」「もういいわ」って、その程度です（笑）。七、八年前は……。

伊集院　ちょうど盛んだったもんね。

中島　ええ。夜がくるとやりたくなってムズムズしてきますね。酒飲みなんですけど、酒飲みながらマージャンするでしょ。一時二時になって家へ帰って夜寝ると数字が夢に出てきますよね。三四五で七がひっついたとか、六と七だとか夢の中で考えてるんですよ（笑）。四五五、三六四四とかね。で、起きるとドッと疲れてるわけですよ。

――伊集院さんは、バクチやってるときは飲まないでしょ。

伊集院　うん。でも終わると飲みますよ。私は自分で酒に酔ってるのはわかってるんだけど、それからがおいしいんですよ。要するに酔ってるから、もういいじゃないかっていう。みんな三時とか四時とか帰りますよね。そこを引っ張り込むのがね。それからの量が増えちゃうから、狂気のよだれの世界になってしまうわけですよ。

中島　元気ですね。

伊集院　あれはよだれなのかウイスキーなのかみたいな世界になっちゃう。それといけないのはね、あれはどういうことなのか自分でもわからないんだけど。酔うとその人のことを根掘り葉掘り聞きたいみたいになるんです。相手は離せ離せっていう世界なんだけど、なんなのかなぁ……。幼い頃の兄弟で言うと、弟が眠い顔をし始めたら寝させないぞっていうんでいろんな手を使ってね。親が三時ごろ戸を開けて、おまえたちは何をしてるんだって言う。弟のほうは眠いんだけども、何かこっちが興味のあることを言ってくるから……という酒飲みに変わっちゃった。

中島　でも、全体的傾向を自分でわかってるっていうのはえらいですね（笑）。

伊集院　そうそう。ただ相手が逃げようとするでしょ。それを見てると逃がすまいってするから、よけいにがんばるようになっちゃうのね。

中島　ケンカになりません？

伊集院　ケンカにはあんまりならないです。ケンカになるのは、ケンカをしたい人が入ってきたときだけね。私はあんまりもめないんですけどね、いまは東京は酒場でのケンカっていうのは全然なくなったんですよ。

中島　だいたい外で飲まれるんですか。

伊集院　そうですね。家ではあんまり飲まないです。女の人がきばって働いてる姿があるとわりと酒飲めるんですよ。女も働いてるから、オレも飲まなくちゃっていうね。水商売の女の人とか屋台のおばさんとかミエミエの人いるでしょ。ただ売上があればいいっていう人。ああいう人が好きなんですよ。あとお店の人なんかでも酒飲んでてわかんなくなってくる人もいいですね。初めはすごく計算がたってたんだけど、三時四時ぐらいになったらもうわかんなくなってるっていうのも、飲んでておいしい店に当ったなと思いますね。ただお酒を薬と合わせてっていうのは、私はあんまりしないですね。

中島　あんまりっていうか、しないほうがいいですよ(笑)。

伊集院　薬は、昭和四十六、七年から十年くらいの間にすごいブームがきましたよね。

中島　ええ。

伊集院　左翼も右翼もテーマを失って、薬のほうへ行く人は薬に行こうっていうのがありましたね。

中島　ええ。僕はそのころ二十歳ぐらいですね。一九五二年生まれですから。

伊集院　私は五〇年ですから。でも中島さんのほうが上に見えますよね。
中島　とんでもない（笑）。子供に見られてもおかしくないですよ。
伊集院　私はそんときに広告屋をしてたんです。そのころ、上のプロデューサークラスの連中がね、よく薬をやってたんですよ。欲しい人は、こよなく欲しいんだね、何度警察に捕まっても。
中島　一回捕まっちゃうと、もういいんでしょうね。僕も一回免停になりましたけど、あと免停まで四点持ちだっていう。もう一回捕まると二点持ちになっちゃうんですよね。駐車違反しても二点だし、そういう心境じゃないですか。
伊集院　芸能の人でも同じ人が捕まるでしょ。だから悪かったっていう意識はないんでしょうね。悪いっていう意識を消してくれるんだろうね。最近おとなしくしてるなというと、違う方法論を見つけてやってるだけで。
中島　いいも悪いもないですからね。イスラム圏とか行って焼酎飲んでるとえらいことになりますからね。その人はその国に生まれたのが不幸なんであって。
伊集院　うん。だいたい一回捕まってからそういうことをしていない人の十年間ぐらいを追ってみると、海外旅行が急に多くなる人が多いね（笑）。それも長期で多くなる人が多い。家族一切連れていかないとか一人で行くとか。立派でイイですよ。

死の淵までとことん

中島　こっち側の興味あるのは、とことんやった人ですね。最近だと、ロックで言うとアリス・クーパーとかデイビッド・ロス。どうしようもなくて廃人になってたのが、四十五、六ぐらいでカムバックしてきてるわけです。やっぱり十年ぐらいが全く空白になっているんですけど、最終的にどっかで分かれ道があって、音楽と生きるほうを取ったみたいな。その分かれ道が面白い。興味がある。年寄りも面白いですね。ウィリアム・バロウズとかギンズバークとかね、八十ぐらいで一生麻薬やり続けたみたいなやつが、日本だったら国宝になるような大家になってるわけで。

――薬にしても酒にしても、飲んだときの状況は憶えてるものですか。

中島　いや。バロウズの『裸のランチ』っていうのはものすごく傑作だと思ってて大好きなんですけど、本人にあとから聞いたら、「私はそれを書いたのを憶えてない」と。タイトルをなぜそうつけたのか不思議だと。

伊集院　『狂人日記』もそうやって出たのかもわかんない。そんなことないか。

中島　色川武大《いろかわたけひろ》の『狂人日記』は、ついこの間読みました。辛かったろうな。

伊集院　ねぇ。延々続くかなと思ったらパッと終わっちゃったから。『狂人日記』も『今夜、すべてのバーで』も、系統としては似てんじゃないですか。色川さんに「延々と続くかな」って言ったら、「これ続けたらずっと書かされるから終わっとこう」って（笑）。

中島　続けたら、僕の小説はまた飲みだすとっから始まるからね。そうなると、読んでる人は繰り言を聞かされることになるし（笑）。

伊集院　名作ですよ。

中島　伊集院さんの作品では『くらげ』が好きです。お師匠さんがいましてね。電通の人で藤島さんといって、「ハエハエ、カカカ」とか「やめられない止まらない」とか「トンデレラ、シンデレラ」を作った人ですが、体育会系なんですよ。そのころ僕はほんまのフーテンやったからたまに電話かかってきて、「おまえ、何しとんや。来い。いっぺん顔見せんか」言われて行ったら「何しに来た」と（笑）。野武士みたいな人で、五百人死んだ日航機の事故で死んじゃいましたけど。あのとき、まず嘘やと。だから葬式へ行きたくなかった。写真見ると、決定的になっちゃうから。なるたけひとの葬式に行かないようにしてましたけど、それだけは行きました。だからあの作品の中で、違うんだ、会えないだけだっていうのがキュッとくるわけですよ。そう考えないと、ずーっと引っ張っていくという。打算で言うんじゃないんですけど。

伊集院 生きる術《すべ》としてそう考えると、酒の飲み方と一緒でなんとなく切り替えできますよね。

中島 僕の周りは首吊りとか、若いやつでフーテン時代に死んだやつとか、すごく多いんですが、一切葬式に行かなかった。

伊集院 それは持って生まれたもんですよ。死が周りに来るんじゃなくて、死があるところを選んで歩いてると思わないと、自分のほうから近寄っているとは思わないでね。当たりとはずれというのはうまく構成が出来てるから。くじびきみたいにトランプに当たりを入れ込みますよね。いくらなんでも五十枚あるカードの中でペケを三つ重ねては胴元はおかない。隣にペケがあると、自分は絶対ペケじゃないっていうような確信みたいなのがあるでしょ。逆に、こっち（右にいる人）も死んだし、こっち（左にいる人）も死んだし、こっち（自分）も死ぬっていう発想をする人もいるかもわかんないけど、私はこっち（右にいる人）も死んで、こっち（左にいる人）も死んだから、こっち（自分）はもうペケはないと。当たりはずれはそうなっとるはずやと。ただ、あんまりそういうのが多いとひとの顔をそんなふうに見るときがあるね。こいつ大丈夫かなとか、あんまり近寄らんほうがいいかなとかね。

例えば色川さんは一関《いちのせき》で亡くなる手前ぐらいから飛行機に乗らなくなったんですよ。それはもちろん誰でも危ないから乗りたくないんだけど、青森の競輪場から一緒に飛行機で帰りましょうかと言ったら、「いや、一緒に乗ると落ちるような気がする」と言うんだよね。じゃ、私が乗らないで色川さんが乗ったらほかの五百人ぐらい全部死んじゃうわけか？　みたいな世界になるんだけど本当のところは聞けない。色川さんはしんどいんだけど電車で帰る。こっちは何となく助けてもらったような気がしたりしてね。だけどいま考えると、その発想は色川さん自身は死なないという発想だったんじゃないかなと思うこともあります。

中島　ふだん考えて行動してる人間っておかしいですね。家の中に閉じこもることがあると、そこへトラックがドカーン！　と突っ込んできてとかね。一つ怖いのは、無意識のうちに死を望んでいるんじゃないかと。例えば、どっかわからんところで、この店を出たときに右か左どちらかへ行く時に、右へ行けば生きるほうやけど、なんか気配みたいなもんで死のほうへ行ってるんやないかと。

伊集院 さっきの、自分からそこへ寄っていってるというね。

中島 うん。寄っていってるんですね。もしそんなもんがあると、それも運命かなという気もしますけど。

なまけものの到達点

伊集院 中島さんのほうがものを書くのが早かったですね。私はどっちかというと、中島らもにもっと小説を書いてもらいたいファンの一人ですが、この方は読めば読むほど書かなくなるぞっていう気がして仕方ない。どっちかと言うと、書きたくない私が読んで感じたっていうことは、当ってるのかも知れない。

中島 フッフフフ。

伊集院 で、このタイプの人はなまけ癖があるからとにかくほめなきゃいけない。一にも二にもほめなきゃいけない。ほめれば、案外と木にも登る性格のところが必ずあると。木にも登る、酒も丁寧に飲むっていうね。私は担当の人に、「何かあったらやめそうだ」と言われるんですよ。やめそうにないやつばっかりが書いてるから。そういう人間は最初にこころざし作るからね、到達点がすでにある。だけど、やめそうなやつは到達点がないから広がりが出るんだ。いい作品というのは、最初奇妙に広がってるところがある。これはすごいぞっていう。ところがね、ある章で突然あれ疲れなんだろうね。やめちゃう。ここらへんでやめましょうと。そのときは最初に書いたこころざしとか波みたいなものがもう筆の中にない。とりあえずやめなくては、やめなくてはイケナイというね。でもその出発点の広がりがずっと続いてると名作になるんじゃないかって思ってんの。

中島　『今夜、すべてのバーで』は、自分の中ではけっこう特殊でね。ほかの作品は全部作りもんなんです。ホラーとかギャグとかですから。それでおカネもうけてるっていう感じがひしひしあるわけです。作るのは難しいから。ホラーとかコントとかギャグとかいうのは誰がしても出来るっていうんじゃない。芝居でもギャグ芝居やってると脚本書くでしょ。今日も初日だったんです。今回は書いてないんですけどね、脚本を書くというのは、ロボットの設計図みたいなもので、ここでドドッ、ここでドドッ、ここでドヒャーッ！　という反応があるという配線図を書いてるわけ。で、実地に作動するのを幕の裏で見てるわけですよ。うわー、きたきたって。こういうのっていうのは楽しみでね。小説だと、半ば現実に近くなってくるでしょ。現実ってドロドロしてるから。

伊集院　現実を洗濯して出してやんなきゃいけないとこがあるからね。

中島　ドロドロしたのは現実だけで十分だという気があるんです。だからギャグかホラーかっていう感じがするんです。小説は自分のドロドロ度が出るでしょ。どんなに乾かそうと思っても出てくるから、あとで読むといやですね。

伊集院　読み返すものじゃないよね。自分の書いたものを読み返す人もいるだろうけども、それは相当な人だよ。ちょっと切れてる感覚じゃないと読み返せないよ。

中島　コント、ホラーは読み返せますよ。

――『今バー』は読み返さなかったですか。

中島　うん。校正以外は読み返さなかった。

伊集院　野坂さんは私の『三年坂』を読み返して、なぜオレは最初あんなにイイと思ったんだろうっていうのがありましたけどね。二回読んだら、なんだ、ちっとも面白くなかったじゃないかっていうね（笑）。
――君子は豹変するから。
伊集院　野坂さんも『今バー』は二回読み返せばよかったんじゃないかなと思って。
中島　一回目は酒飲んでたんじゃないですか（笑）。
伊集院　『今バー』は「小説現代」の三回連載だったんですが、二回目のときにこれ終わんないぞって思いました。たぶんこれは二回でこのまま止めてしまうんじゃないかと。最後まで書くタイプの人間じゃないぞと。ただ一回目の、小説の入口は、そりゃよかったですよ。このまま行けば、思わぬ方向へ連れてってもらえるっていう、こんな快感はないからね。
中島　ほめてくださるのが皆さん似たような人で……。「谷岡ヤスジさんから激励の電話がきました」って。谷岡ヤスジさんってアル中だったのかなってね。
伊集院　最初も含めてすごい反応でしたよ。確かどこかの稽古場にいた人から電話かかってきて、「読んだか？　読んだか？」という話になったんだけど、今の中間小説誌っていうのはそういうものは成立しないんですもの。だいたい作品の出来が見えるんじゃないですか。私も書いてて、これはあんまり面白くないなって見えるんです。

だけど仕事としてこなさなきゃいけないでしょ。面白そうな作家っていうのはなかなか少なくてね。

中島　『三年坂』とか『乳房』は「小説現代」で連作だったんですか。

伊集院　『三年坂』は二作目まで五年か六年かかったんじゃないかな。八十枚に六年ぐらい要したんじゃないですか。いま八十枚なんていうのはひと晩ですよ。意味のないことを書いてるわけだから。だけれども、六年かかった八十枚も読み返してみるとやっぱりたいした重味はないんじゃないかと思う。小説ってね、少し読みにくかったり、わかりにくかったほうが意外にみんな面白い反応をしますね。

中島　ウィリアム・バロウズが自分で憶えてない小説が一番おかしいというのは面白いですね。

——八十枚ひと晩は嘘でしょ？

伊集院　嘘です。八十枚をひと晩で書いたら大変なことになっちゃうけども……。

中島　書けますよ。

伊集院　薬飲んでりゃ、すぐ書ける（笑）。ただ言わないよね。八十枚でひと晩だって言っちゃうとさ、後がまずい。

中島　終わりのほうぐらいになると日本語になってないんですよね。精神朦朧《もうろう》としてきているのが原稿に全部出て、校正で直すより仕方なくて、てにをはもめちゃくちゃで、でも八十枚とかいうのがある。

伊集院　ほめてやりたいというね。

――ずいぶん手を入れましたよね。

中島　そうですね。芝居の脚本書くときはだいたい十八時間。それが二日になるか一日になるかみたいな感じですよ。というのは次の日から稽古が始まるから。

伊集院　すごいね。でも、それで間に合っちゃうんでしょ？

中島　粘土みたいな感じで、最後に形を整えるっていう世界ですね。

――芝居は作り上げていく世界でしょ。

中島　ほんとは脚本がカチッとしてないと。脚本がダメだと大変な苦労です。

――伊集院さんもエッセイと小説では時間のかかり方が違うでしょ。

伊集院　いや。やっぱり担当ですね。担当が誠実だと誠実に書くし、担当がずっと待ってりゃなかなか書かないし（笑）。

――待ってないと書くんだ。

伊集院　できりゃ、書かないで生きていければ一番いいけど（笑）。
――ホンネを言えば、お二人とも小説は書きたくない、苦しみであると。
伊集院　じゃ、小説以外のものが苦しくないかっていうと同じようなもんだけども、ただ小説っていうのは私一人の責任というのが困るんだな。私はとにかく原稿料を前借りしないと書かないからあれなんだけど、ただ私一人の責任ということはないでしょっていう……（笑）。

バクチは楽し

中島　原稿料を前借りして、全部競輪に使うんですか。
伊集院　いや。払わなきゃいけないものとかしがらみもあるでしょ。酒場とかそういうのは払いませんよ（笑）。
中島　大変なことですね。
伊集院　お酒は基本的にはね、あんまりおカネのやりとりをする種類のもんじゃないんじゃないかと思うんです。

中島　最低の客ですね。

伊集院　あなたから最低の客って言われたら、オレもなんて言ったらいいかわかんないな（笑）。

中島「地獄バー」でもちっちゃな女にカネ払いましたからね。

——中島さんと伊集院さんとカネの感覚が違うのかな。

伊集院　堅実味はないよね。堅実とか誠実とかいうのは……実っていう言葉は、実行とかそういうのはきっとダメだよ。実売とかそういうのだったらわかるけどね。

中島　僕はおカネの単位に関して下しか知らないから。いまは会社組織にしているんだけれども、何がどうなっているのかなんにも知らない。ただのライティングマシンです。

伊集院　いま会社に幾らカネがあるとか聞かないんでしょ？

中島　うん。聞かないです。

伊集院　私はね、二日に一回、会社にいまカネが幾らあるって聞くんですよ。そうすると、「昨日と同じです」って言われる（笑）。

中島「もうすぐ税務署きますよ」「もうかってるのかどっちなの？」「もうかってま

す。税金半分持って行かれる前に早く使ったほうがいいって税理士さんが言ってます」「何に使ったらいいの?」「芝居やってるから、スタッフに前払いしてしまおうか」って、そんなんですわ。

伊集院 ほう。その役者の仲間に入れてほしいもんだね。

中島 いや、芝居出来ないと入れないからね。何か取柄《とりえ》がないとね。一番入れたくないのは、前借りしてギャンブルで穴あけそうな人。明日からやる芝居のお金をいつ持って逃げるかわかんないじゃないですか。本人は、絶対明日には二倍に返すってつもりで、その日から姿を消すかもしれないし。

伊集院 対談が佳境に入ってきたみたいだね(笑)。『今バー』を最初にほめた人たちに全部共通点があったというのはおかしかったね。谷岡ヤスジさんでしょ。黒鉄ヒロシさんもそうでしょう。とにかくいいと言ってる人はみんな同じ顔をしてる(笑)。その極めつけで最後、野坂さんがいいと言い始めたら、こりゃ危ねぇなみたいな世界で。

中島 ひとさまから、ああいう人になりなさいって言われるような人は一人もいなかった(笑)。

――ギャンブルだって酒だってある共通項があると思うけど。

伊集院　ギャンブルっていうのは周りがバタバタ死んでいくでしょ。面白いことに、ギャンブルって面白いやつから先に死んじゃうんだよね。人がいいとかね、勝った勝ったって見せるやつが早めに死んじゃうわけ。あと「ここが勝負です」とかいうやつが死んじゃうんだよ。生きてるやつはただジーッとして、勝ったも言わない、負けたも言わない。じゃ一緒にいるのを拒否してるかっていうと、さあ、飲みに行こうっていうとピッタリそばにいる。カネを払うのは、勝った！っていうやつが払っているんだけども、そいつをほめてるわけでもないのにただそばで飲んでて競輪場が始まると、またそいつがいる。そういうやつはずーっと生きてるんだ。だから叩き殺されない虫みたいなもんですよ。

中島　タイプとして同じタイプです？

伊集院　私はね、ワーッて騒ぐ人がいるでしょ。そういうのにはなんないんですよ。私はね、へたれ虫になってるのはいやなの。「うん、それはよかったね」って言いながら、こいつは死ぬとか、こいつも死ぬとか自分で思いながら見てるわけ（笑）。

中島　ホールインワン出たとき御祓《おはら》いしなかったという。

伊集院　そそそそ。ただギャンブルは酒と一緒でね、間口が狭そうに見えるけど広いんだね。中毒になるまで。あそこまでなんないよって思って始めるんだけども、どっから入ってもそこへいっちゃうんだよ。

中島　そこへいくまで長いですか。

伊集院　薬で言うとよく効くやつはいるけども。

中島　それはそうですね。

伊集院　向こうに座っているTさんはちょっと前まで「小説現代」にいらしたんですけど、彼は「五十万ぐらいだったらいつでもお貸ししますよ」って言ってましたもん。こんないい担当者が世の中にいたのかと思った（笑）。そのときにはちょっとカネがあったから借りなかった。それでひと月もしないうちに、「T君、五十万ちょっとどう？」って言ったら、すでに彼も競輪にのめりこんじゃってて、「もうとっくにありません。大変な状態なんです」と。それを聞くと、また安心するんだな。

中島　五十万だと一日ぐらいですか。

伊集院　最低のクラスの人だって言われたんで、そういう話をしていいのかどうかね（笑）。

中島　まあ、上見りゃきりないでしょ。

伊集院　はずれ車券見せましょうか（笑）。一昨日終わったんですよ。一昨日の最終レースのはずれ車券だけ、カッコ悪いから捨てられなかったんですよ。なかなか面白いもんですよ。ただのはずれ車券ですけどね。（袋から取り出して）これはパンツと靴下も入ってるんだけどね（笑）。はずれ車券というのは、パンツも靴下も一緒なんだよ。これが小倉の最終の十レースですよ。（はずれ車券を山積みにして）こんだけはずれたんです。ちょっと事情があって人前で処分できなかったから……。みっともない話だけど。こんだけ種類買って当たんないんだから。

中島　（はずれ車券の束を見て）これで幾ら？

伊集院　これで何百万ぐらいあるのかな。

中島　へぇー。

伊集院　これだけはずれると気持ちいいもんですよ（笑）。「小説現代」ぐらいになると三日間徹夜してね、原稿料が八万円くるんです。そうするとね、これぐらい（はずれ車券が五、六枚）。これぐらいのために文学とはと言われたらたまらんでしょ。でも、このぐらいで終わるんですよ。気持ちいいもんでしょ。

好きなのはね、中村鴈治郎の孫に浩太郎、智太郎というのがいるんだけど、おじいちゃんがいつも大晦日になるとダンボールからはずれ馬券を出して一人で焚き火してるんだって（笑）。よくあれだけ買ったもんだっていうぐらい、ブツブツ言いながら焚き火しているんだって。その煙を見てるとね、正月がくるんだなっていうね。私はそういう鴈治郎って好きだね。これ（はずれ車券の山）を記念にどうぞ（笑）。

バクチのためにカネを借りに行くのは大変だよ。

中島　カネ借りに行くときっていうのは、バクチですって言うわけですか。

伊集院　一番いいのはね、女との手切れ金だとかね。

中島　あんまり変わりないじゃないですか（笑）。

伊集院　いやいや。

中島　「大作を書こうと思うので、ヨーロッパへ一年間取材に行きたいのでどうしてもカネが……」というんじゃなくて、女との手切れ金。

伊集院　わかりやすいのがいいんだよ。例えば自分が家を建てるとかいったら、貸すほうだっていやでしょ。いやらしいやつだなってね。ところが女の手切れ金というと、ははあ、やっぱり、そうだろうっていう、貸すほうにも快感を与える理由がいいのよ（笑）。

中島　伊集院さんはまっとうに暮らしてりゃ金持ちのはずですよね。

伊集院　そんなことはない。まっとうに暮らせないんだから。

中島　随分、あぶく銭つかんだりしてるはずですね。

伊集院　「ギンギラギンにさりげなく」とかああいうのも書いてね。

中島　ジュリーの歌とかね。

伊集院　そうそう。書いたかな？

中島　郵便貯金かなんかにしてりゃね（笑）。

伊集院　中島さんも貯金は七、八十万でしょ？

中島　もっとあります。六百万ぐらいあります。

伊集院　えっ、本当に！　あのね、らもさん。東京に立川っていう街があるんだよ。そこに年に一回、暮れにね……これは話せば長いから長い手紙を書きますけどね。

中島　無心の手紙だったらいやですよ。

伊集院　いや、そうじゃなくてね。立川グランプリっていう年に一回の大きな競輪のレースがあるの。これは最初からレースの結論がわかってる。

中島 プロレスみたいなもんですね。

伊集院 そそそ。いい発想ですよ。

家族ってなんや

伊集院 家庭はどうですか。

中島 毎日進行していかなきゃいけない共同体だから、それぞれみんな役割があると。愛の問題はさておきですね。娘は娘の役割があると。演技するのではなくてね。そうでないと成立しないでしょ。愛がっていう言い方をしたら破綻するしね。

伊集院 そうだね。私は娘と別れて暮らしてるんですけど、娘にお父さんでしょって迫られたら、違うっていう主義にしようと思ってるの。「この写真は確かにあなたです」って言われても、違うって言うほうがいいと思ってる。自分はね。とにかく男と女は続かないっていう感じがしますね。続くっていうことはない。

中島 いまは続くことを前提としているような時代でね、結婚式でみんなワーッと祝福してね。昔の〝嫁に来た〟みたいな、いま悪《あ》しざまに言われている結婚の形態は愛もなくて、相手の顔も見たことがないのに、その晩にセックスするわけですよね。で、子供を八人ぐらい生んで四人ぐらい死んで、二人兵隊へ行ってとかなんとかあってなんとか育てあげて……これ会社じゃないですか。機能している団体であって。それがなくなったんです。それがいい悪いじゃなくて、もし各々の意思で維持させようと思えば会社形態でしかないですね。

伊集院　女の人がたくさん子供を生むでしょ。そしたらえこひいきが当然出ると。本当はこの子が一番かわいいとかね。「お腹を痛めた子だからかわいいのはみな同じよ」っていうのは嘘だと。

中島　嘘です。

伊集院　そのことは、二人でも三人でも出るだろうと。

中島　出ます。

伊集院　一人だけっていうのが多いでしょ。一人で嫌いだった場合、いったいどうするんだろうと。

中島　一人で嫌いっていうのはないでしょ。比較する対象がないから。

伊集院　そうか。私なんか娘にこの間十三年ぶりに会ったんだけど、何々の切符取ってほしいとか言ってくるんだけど、僕は取らないの。かかわりを持ちたくないっていうのが自分の中にあってね。かかわりを持つと、じゃ、最初からどうして持たなかったのっていうこともあるし、それなら変にかかわり合いを持たないほうがいいんじゃないかと思ってね。

中島　十三年ぶりに会うと、どんな感じですか。十三年前のことしかないわけですね。

伊集院　そうですね。猜疑心《さいぎ》が強くなるよね。十分ぐらい遅れてきたんですよ。どっかで娘ら二人は見てるなとか、そういうふうに思ったりする。

中島　十三年前はこんなもんだったけど、ふくれあがってるわけですよね。何が詰まってるんだろうっていうことになりますよね。

伊集院　うん。私はね、最初、女房が長女を風呂からあげて拭いてくれっていったの。私は小さい性器を見たのは初めてだったから、じっと見てたわけ。そのころ夫婦仲悪かったんだけども、拭いてて「おチンチンだね」って。私も異様に見てたんだろうね。振り向いたとき女房がいたんだよ。それで私に対する不信感が決定的になったね（笑）。こいつは異常性欲者だ、みたいな目をしてた。「何をしてるんですか」って言われた瞬間にね。ただ、オレがさわったりしてるから娘は喜んだりしてるのよ。だから幼女虐待とかそういうのをまじめに書いてる作家とか見ると、すごいまじめな人なんだろうな、正直な人なんだろうなっていうね。

——意識してやってるわけじゃないでしょ。娘だからでしょ。客観的に見ています？

伊集院　色もきれいだし、毛も生えてないし、やがてこの中に知らぬ若者が……とかね（笑）。そういうことは思わない。そういうことを思うと親になっちゃうからな。

——それは性欲じゃないでしょ。

興味はかなりありました。

伊集院　そこまで引っ張り込めたかどうかはわからないけど。性欲っていうのも間口が広いから。

中島　家族は気持ち悪い。

伊集院　そういうことあったんですか（笑）。

中島　いや。僕はね、稲垣足穂《いながきたるほ》とか少年愛がけっこう好きなんですね。かわいい男の子を見るとかわいいなっていうお稚児《ちご》愛みたいなのがあってね。息子は十四、五歳ぐらいなんやけど、この間、風呂からあがって裸で階段上ってってるお尻見て、かわいいなと思ってる自分に気がついて、あれあれ？　って（笑）。そういうときは一瞬、家族ってなんや？　っていう感じですね。

朝日新聞で悩み相談をやってるんですが、百通あると六十通ぐらいが夫がオナラをするという話とか、ともかく下ネタなんですね。読んでるうちに気持ち悪くなるときがある。息子が鼻クソを食べるとかね（笑）。なんでオレがこんなものを読まなきゃいかんのかと。送ってきた人はそれで許してもらえると思ってるわけね。本人が、鼻クソほじろうが屁をここうが旦那さんを許してるから。で、マスに向かって面白いでしょって、登場してきてるわけですよ。

伊集院　意識を持ってね。

中島　うん。家族っていうのは生理の部分でつながってるっていうか、会社では絶対屁はこかないけど、家では屁こくとかね。決して愛でばかりはつながってないという。

伊集院　恋愛はしないんですか。

中島　僕は二つぐらいです。

伊集院　相談はするけど恋愛はしない……。

中島　自分の？

伊集院　自分の。最近、ええことありましたかみたいな話ですけどね。

中島　二つ。

伊集院　最近二つあったの？（笑）

中島　いえいえ。この三十九年で二つです。

伊集院　めんどくさいですか。

中島　避けたいですね。いっぱい薬飲んで避けよう避けようとしてるのにきてしまったっていう感じがあります。周りはみんなメチャクチャになっちゃうじゃないですか。

伊集院　これから先は望まない？　家族のある人にそういうことを言っちゃいけないのかな。

中島　いやいや。いや云々じゃなくて、とにかくきてほしくないっていうおまじないしたい感じ。いっぺんきてしまうとね、メチャクチャなんですよ。

伊集院　一回、あなたと脳を交換して一年ぐらい動いてみたいもんだね。

中島　わしゃ、いやや（笑）。

「出せずじまいだった返事」 解説にかえて

中島らもさま　机下
　　２００７年　藤谷文子　拝

前略　らもさん、おひさしぶりです。初めて新宿の地下でお会いしてから、すごく沢山の事が、一気に起こったように思います。出会って、また、すぐ会って、そしてすぐ、らもさん捕まって……、手紙いっぱいくれて、出てきたら、電話が来て、舞台をやろうって言っていたと思ったら、バンドになっていて、あの時、みんなで歌って踊りましたね。「あやこはファザコンだろから、FATHER'S GIRLSだ」って言って……。

あのね、らもさん、本当はね、私は、お手紙をいただいてから、二度、否、実は三度、ペンをとり、机に向かい、手紙を書きました。でもでも、私の中の、まだまだ大きな自意識やら、なんやらが、いつも出しゃばってきては、じゃまをして、「恥ずかしい」なんて一言で丸めて、机の下の隅っこの綿ぼこりに混じって、どっかに行っちまいました。

ですから、これは「出せずじまいだった返事」というタイトルが付きます。そう、らもさんが最初にくれた手紙には「出せずじまいだった書評」(『牢屋でやせるダイエット』青春出版社刊収録)というタイトルがついていました。でも、結局、らもさんは、何でもせずじまいにはしない人で、思ったこと、感じたことを大切にしていて……、だから私も、厚着をしてぶくぶくに太った自意識を捨て、やっと返事を書きたく思います。

お手紙をいただいた2003年。春を前に、らもさんが拘置所に入ったまだ寒い2月の終わり。私は、原因不明の高熱にうなされていました。40度を超える熱が一度も下がらないまま3日目になっていました。冬の日射しの中、布団に横たわったまま、一言、一言、一文、一文を読んでいると、気付かないうちに、とめどなく涙があふれてきて、声にならない声がもれ、呼吸すらままならないものになっていたのです。悲しいからではなく、これはなんだろうと思うと、それこそ、恥ずかしいですが、先ほど誓ったばかりです。言っちゃいます。私は「あぁ、私はずっと淋しかったんだ」と思ったのです。もしも、恋人がいたとしても、友人がいたとしても、人は結局独りで、好きって言ってもらったり言ったりしても、抱きしめても、何しても、それは、自らの孤独を埋めようとしているか、互いの孤独にすがり合っているか、押しつけたり、すり合わせたり、あの手この手の、すべて手法でしかなく、それすらしない人も同様、それを共有したくない。自分の気持ちを押しつけない分、他人の感情も受け付けないのでしょう。それなのに、らもさんは、「いいんだぜ」って、私が、見ないよう見ないよう懸命に目を閉じ気付かないようにしていたポッカリ空いた胸の穴ごと包み込んでしまったもんですから、私は、子どものように泣きじゃくるしかありませんでした。

らもさんをよく知る人たちは、みんな口をそろえてこう言います。「らもさんは、いつだって弱い者の味方だ」。沢山の数で、是となっている者よりも、コンプレックス、迫害、孤独、差別、そんなのに伴う感情ぜぇんぶひっくるめて、分析とも判断とも全く関係なく愛を持ってそこに居てくれるのです。

らもさんの言葉、歌も本も、愛だらけで、その愛って、世の中から、宗教を不必要にしてしまうほどかもしれません。「らも教」半ばジョークになっていませんよ、らもさん。にたらぁって笑って言ったんでしょうけどね。

「女の子は得てして、男のユウジュウフダンと優しさを取り間違える。あやこは賢いからそんなことはないね」と言ってくれましたが、どうでしょう……。なかなか難しいです。ほんとうに強くてほんとうに優しいって。自分がそうなるのも、そんな人、見つけるのも……。でも、そんな人が存在し得るってわかったのだから、それはすごく、心強いです。どうなるかは、わかりませんが、いつもどこかにそれを思ってやっていこうと思います。ただ、らもさん。まだ、時々、凄く怖いです。だから、どうか、出せずじまいだった手紙を今さら書いても遅いなんて言わないで、そこで、いつものように、にたらぁって笑っていて。その黒い深いコートで、弱き者を抱きしめて。

なぁんてね、いつも、そこいらにらもさんを感じるので、きっと大丈夫。また、ちかぢか、お会いしましょう。

らもさん。いつもありがとう。

あやこ

中島らも略年譜

一九五二年……昭和27年

四月三日、兵庫県尼崎市、国鉄（現ＪＲ）立花駅付近の歯医者の次男として生まれる。本名中島裕之《なかじまゆうし》、生まれてから最初の記憶は、何と!! 生後約九ヵ月。「お母さんのオッパイが眼の前に迫ってきたのを覚えている。福福としたものが迫ってきて思わずかぶりついた。生家は歯医者であったが、その時の母の背後にあった薬棚の様子を記憶していて、三、四歳の時、母に云ったら驚いていた」その時はもう引越していて、引越す前の生家の風景を覚えていたことになる。

一九五九年……昭和34年　七歳

尼崎市立七松小学校入学。秘密結社「スカートめくり団」設立。団長として君臨。

一九六二年……昭和37年　十歳
神戸市立本山第一小学校に転校。親に言われるまま勉強に励む一方、早熟さを発揮、性に目覚める。
貸本と出会い、以降完全にハマる。よく借りたのは「忍者武芸帳」などの白土三平もの。「白土さんの劇画は女の人の〝湯浴みシーン〟があって子ども心にコーフンした」他にはつげ義春の今となっては珍しいチャンバラものものもよく読んだ。

一九六五年……昭和40年　十三歳
超進学校、灘中学校に学年で八番の成績で入学。

一九六六年……昭和41年　十四歳
初めてギターを手にする。友人Yとバンド「ごねさらせ」結成。雑誌「ガロ」へ漫画の投稿をはじめる。「ガロには、とにかく〝暗い〟作品でないといけないと思い、背景もまっ黒にして二四頁の大作を描いた。内容はよく覚えていないが〝水準には達しているが、長すぎる〟と云われた。それで、もう漫画を描くのはあきらめた」

一九六八年……昭和43年　十六歳

灘中学校卒業、灘高校入学。

一九六九年……昭和44年　十七歳

この頃から酒を呑み始め落ちこぼれ組に。「高二のときの修学旅行で日本酒を一升近く呑んでしまい、酔っぱらって倒れてしまった。島原ということで友だちがツマミに〝生のパイナップル〟を用意したのもまずかった。体育の教師に〝この安月給！〟と悪態をついたりしたが、この先生が酒を吐かせてくれ、その上で大量の水を飲ませ、あったかくして介抱してくれた。いい先生であった」

酒は高三から本格的に呑み始め、トリス二本ぐらいはへっちゃらという酒呑み人生が始まる。

一九七〇年……昭和45年　十八歳

灘高校三年生。

神戸・三宮のジャズ喫茶「バンビ」にて、神戸山手女子短大の長谷部美代子と出会う。ジャズ喫茶ゆえ、デートの会話は「筆談」であった。「コーヒーが一杯一二〇円。いつも三時間以上ねばったが、二時間たつと〝追加〟を取りにくるのが、ナンギだったな」

一九七二年……昭和47年　二十歳
一年予備校（神戸ＹＭＣＡ予備校）通いの後、大阪芸術大学放送学科入学。

一九七五年……昭和50年　二十三歳
（旧姓：長谷部）美代子と四年の交際を経て学生結婚。

一九七六年……昭和51年　二十四歳
大学卒業。卒論は「放送倫理規定」。「吉本新喜劇の芸人、平参平のギャグ〝かっくん歩き〟がテレビで差別的だとされてできなくなった頃だった。放送禁止の事例集を集め、その問題点をまとめてみた」
コピーライター、コント作家を経て、小説家になる中島らもの問題意識がこの時すでにある。印刷会社㈱大津屋に就職。長男・晶穂生まれる。子どもの名前は「食いっぱぐれがないようにと、〝穂〟と〝苗〟をつけた」という。

一九七七年……昭和52年　二十五歳
十二月、宝塚市に家を購入。三十年ローンで月二万七千円。

一九七八年……昭和53年　二十六歳
長女・早苗生まれる。
一九七九年……昭和54年　二十七歳
自費出版で散文と詩による『全ての聖夜の鎖』発行。この時のペンネームは「らもん」。「らもん」は無声映画時代の剣戟スタア、羅門光三郎からとったという。
一九八〇年……昭和55年　二十八歳
バンド「PISS」結成。㈱大津屋を退職。コピーライター養成講座に通い、大阪電通の故・藤島克彦と出会う。
一九八一年……昭和56年　二十九歳
三月、広告代理店、㈱日広エージェンシーに就職。この頃からコデイン中毒に。以後、咳止めシロップを飲み続ける。
一九八二年……昭和57年　三十歳
鬱病発症。ペンネームを「中島らも」とする。「らもん」から「ん」をとったのは、「らも」

の方が書きやすくて読者からのお便りも多くなるのではないか……と、まあ軽い気持ちで「らも」に。「宝島」でかねてつ食品（現カネテツデリカフーズ）の広告「啓蒙かまぼこ新聞」を連載開始。

一九八三年……昭和58年　三十一歳

「プレイガイドジャーナル」でかねてつの広告「微笑家族」を連載開始。「啓蒙かまぼこ新聞」TCC賞準新人賞受賞。竹中直人、シティボーイズらのコントが話題を呼んだ伝説のテレビ番組「どんぶり5656」（よみうりテレビ）にコントを提供、自らも出演（十月〜八四年三月）。

一九八四年……昭和59年　三十二歳

八月、「月光通信」（FM大阪）でディスクジョッキー開始。十一月、「明るい悩み相談室」朝日新聞大阪本社版日曜版「若い広場」にて連載開始。「啓蒙かまぼこ新聞」OCC賞、カネテツデリカフーズ「父の日」全面広告で神戸新聞広告賞受賞。

一九八五年……昭和60年　三十三歳

四月、「プレイガイドジャーナル」で「たまらん人々」の連載開始。日航機事故でコピーライターの師である藤島克彦死去。コント、ライヴ、トークが一体となった番組「なげやり倶楽部」(よみうりテレビ)で番組構成と司会を務める(十月〜八六年一月)。

一九八六年……昭和61年　三十四歳

二月、最初の単行本となる『頭の中がカユいんだ』(大阪書籍)を刊行、出版パーティーは大阪・ミナミのオカマパブであった。三月、ひさうちみちお、鮫肌文殊らとの共著「なにわのアホぢから」(講談社)を刊行。六月、わかぎゑふと笑殺軍団リリパット・アーミー旗揚げ。七月『舌先の格闘技〜必殺へらず口大研究〜』(アニマ二〇〇一)を刊行。バンド「中島らも&ザ・リリパット・アーミー」結成。

一九八七年……昭和62年　三十五歳

㈱日広エージェンシー退職。七月、大阪・北浜に「㈲中島らも事務所」設立。初代マネージャーにわかぎゑふ就任。十一月〜十二月、アルコール性肝炎で池田市民病院に五十日間入院。一月『中島らもの明るい悩み相談室』(朝日新聞社)、八月『中島らものたまらん人々』(サンマーク出版)、十月『恋は底ぢから』(宝島社)、十二月『啓蒙かまぼこ新聞』(ビレッジプレス)を刊行。

一九八八年……昭和63年　三十六歳
十二月『中島らものぷるぷる・ぴいぷる』（白水社）、『中島らものもっと明るい悩み相談室』（朝日新聞社）を刊行。

一九八九年……平成元年　三十七歳
三月『貘の食べのこし』（宝島社）、六月『僕に踏まれた町と僕が踏まれた町』（ＰＨＰ研究所）、十一月『変!!』（双葉社）、十二月『お父さんのバックドロップ』（学習研究社）を刊行。

一九九〇年……平成2年　三十八歳
四月『ビジネスナンセンス事典』（メディアファクトリー）、八月『超老伝〜カポエラをする人〜』（角川書店）、九月『中島らものさらに明るい悩み相談室』（朝日新聞社）、十二月『しりとりえっせい』（講談社）を刊行。

一九九一年……平成3年　三十九歳
コピーライターとしての看板を下ろす。二月『とほほのほ』（双葉社）、三月『今夜、すべてのバーで』（講談社）、四月『こらっ』（廣済堂出版）、七月『西方冗土〜カンサイ帝国の栄光と衰退～』（飛鳥新社）、八月『微笑家族』（ビレッジプレス）、十月『中島らものますます明るい悩み相談室』（朝日新聞社）、十一月『人体模型の夜』（集英社）、十二月『らも咄』（角川書店）を刊行。

一九九二年……平成4年　四十歳

「今夜、すべてのバーで」第十三回吉川英治文学新人賞、第十回日本冒険小説協会大賞特別大賞を受賞。鬱病発症、大阪市立総合医療センターに入院。「人体模型の夜」第百六回直木賞候補。五月『愛をひっかけるための釘』（淡交社）、六月『なにわのアホぢから（新装版）』（講談社）、九月『じんかくのふいっち』共著・わかぎゑふ（マガジンハウス）、十月『中島らものばしっと明るい悩み相談室』（朝日新聞社）、十二月『僕にはわからない』（白夜書房）を刊行。

一九九三年……平成5年　四十一歳

「ガダラの豚」第百九回直木賞候補。三月『ガダラの豚』（実業之日本社）、五月『らも咄2』（角川書店）を刊行。

一九九四年……平成6年　四十二歳

「ガダラの豚」第四七回日本推理作家協会長編部門賞受賞。四月、マネージャーがわかぎゑふから富永智子（愛称バタやん）に交代。一月『中島らものつくづく明るい悩み相談室』（朝日新聞社）、八月『白いメリーさん』（講談社）、九月『永遠も半ばを過ぎて』（文藝春秋）、十二月『流星シャンハイ』写真家・糸川燿史との共著（双葉社）を刊行。バンド「PISS」再結成。アルコール中毒と躁病で大阪市立総合医療センターに入院。

一九九五年……平成7年　四十三歳

「永遠も半ばを過ぎて」第百十二回直木賞候補。六月十日、「明るい悩み相談室」終了。二月『空からぎろちん』（双葉社）、六月『中島らものやっぱり明るい悩み相談室』（朝日新聞社）、十二月、劇団結成十周年の記録集&初の戯曲集（「人体模型の夜」「ベイビーさん」「X線の午後」）『リリパット・アーミー』共著・わかぎゑふ（角川書店）、『アマニタ・パンセリナ』（集英社）を刊行。

一九九六年……平成8年　四十四歳

リリパット・アーミーの名誉座長から平座員へ降格。一月『じんかくのふいっち2』共著・わかぎゑふ（マガジンハウス）、四月『訊く』（講談社）、九月『水に似た感情』（集英社）、『逢う』（講談社）を刊行。

一九九七年……平成9年　四十五歳
「永遠も半ばを過ぎて」、「Lie Lie Lie」として映画化、監督は中原俊。七月『固いおとうふ』（双葉社）を刊行。自主レーベル「スカラベレコード」を設立。PISS 1stアルバム「DON'T PISS AROUND」リリース。チチ松村との「らもチチ魔界ツアーズ」（JFN系FM）スタート。

一九九八年……平成10年　四十六歳
五月、マネージャー富永智子退職、大村アトムと交代。二月『その辺の問題』共著・いしいしんじ（メディアファクトリー）、五月『エキゾティカ』（双葉社）、十月『寝ずの番』（講談社）を刊行。

一九九九年……平成11年　四十七歳
四月『さかだち日記』（講談社）、六月『夢見るごもくごはん』わかぎゑふ・チチ松村・ひさうちみちおとの共著（双葉社）、『あの娘は石ころ』（双葉社）、十一月『砂をつかんで立ち上がれ』（集英社）を刊行。

二〇〇〇年……平成12年　四十八歳

五月『バンド・オブ・ザ・ナイト』（講談社）、八月『クマと闘ったヒト』共著・ミスター・ヒト（メディアファクトリー）、十二月、「らもん」名義で『全ての聖夜の鎖』復刻版（文藝春秋）を刊行。PISS 2ndアルバム「PISS FACTORY」リリース。

二〇〇一年……平成13年　四十九歳

劇団リリパット・アーミーから引退。トランキライザーなどの副作用で字が読めず、また、書けなくなり、口述筆記となる。筆記は妻の美代子さんが４Ｈの鉛筆で務めていた。八月、「オール讀物」で小堀純、大村アトム、長谷川義史と「中島らもとせんべろ探偵が行く」を連載開始。「ＥＴＶ２００１シリーズ逆境からの出発：酒に呑まれた日々〜中島らものアルコール格闘記」（ＮＨＫ教育テレビ）放送。十月『とらちゃん的日常』（文藝春秋）、十二月『らもチチ　わたしの半生　青春篇』共著・チチ松村（講談社）を刊行。十一月から新宿ロフトプラスワンで鮫肌文殊、大村アトムとのトークイベント〝らもはだ〟を隔月開催。「らもチチの魔界クルーズ」（ｕｓｅｎ）スタート。

二〇〇二年……平成14年　五十歳

二月のタイ旅行時、象に乗りノミに噛まれる。それがもとで、帰国後、足の腫《は》れがひどくなり、肝機能の低下もあって二週間入院。四月末、マネージャー大村アトム退職、長男の中島晶穂と交代。二月『らもチチ　わたしの半生　中年篇』共著・チチ松村（講談社）、四月、『空のオルゴール』（新潮社）を刊行。六月、向精神薬の使用を中止。のち、四日目に目が見えるようになる。以降は自筆で書く。六月『世界で一番美しい病気』（角川春樹事務所）、十月、〝くたばれうつ病〟と銘打った闘病記『心が雨漏りする日には』（青春出版社）を刊行。十二月、「エンターテイメントはもう書かない」と宣言。

二〇〇三年……平成15年　五十一歳

二月四日午後二時三十分、自宅にて大麻取締法違反などの容疑で逮捕される。初犯。二月二十四日、起訴。翌日、釈放。拘置所暮らしの中で、二百二十曲もの歌詞を作詞。出所時、「日本全国民、ことに読者の皆様、出版社、知人、飼っている犬、猫、ハムスター……。伏してお詫び申し上げます。慚愧《ざんき》の念に堪えません。著書の中で日本では吸わないと公言していたのに魔が差して大麻を吸ってしまいました。自分をアメリカ式に五十六億七千万年の禁固刑に処します」と土下座。そして、報道陣にもらったタバコを一服吸い、「やっぱりタバコのほうが大麻よりうまい」と一言漏らす。その後、大阪市立総合医療センターに躁病治療のため、七十日間入院。そんな最中の三月、らもはだ本（共著・鮫肌文殊）第一弾『イッツ・オンリー・ア・トークショー』（メディアファクトリー）を刊行。四月十四日、大阪地方裁判所にて初公判。ここで「大麻は、常習性はないし、人畜無害だ」と持論の「大麻解放論」をぶち上げる。五月二十六日、判決。懲役十ヵ月、執行猶予三年の判決が下る。八月、拘置所のなかでの数々の思いや体験を綴った『牢屋でやせるダイエット』（青春出版社）を刊行。二〇〇二年秋以降、躁病とともにヒートアップしたロック熱はとどまることを知らず新バンド「MOTHER'S BOYS」を結成。八月末、マネージャー中島晶穂が退職、長岡しのぶが引き継ぐ。十月八日、〝らも meet THE ROCKER〟と題した音楽ライヴシリーズ（全四回）をスタート。第一回のゲストは石田長生（第二回は大槻ケンヂ、第三回はムッシュかまやつがゲスト）。九月『休みの国』（講談社）、十月『ロバに耳打ち』（双葉社）、『〝せんべろ〟探偵が行く』共著・小堀純（文藝春秋）、十二月、ヒット芝居を小説化した『こどもの一生』（集英社）と意欲的に刊行。

二〇〇四年……平成16年　五十二歳

二月、らもはだ本第二弾『ひそひそくすくす大爆笑』（メディアファクトリー）、六月、語りおろしによる自伝『異人伝〜中島らものやり口』（KKベストセラーズ）を刊行。七月七日、〝らも meet THE ROCKER vol.4〟開催。ゲストは町田康。七月十五日、神戸で行われた三上寛、あふりらんぽのライヴにギター持参で出かけ、飛び入り出演。終演後、三上寛と飲み交わし、別れたあと、翌十六日未明、神戸市内某所で酔っぱらって階段から転落。病院に担ぎ込まれたものの、意識は回復することなく、七月二十六日死去。死因は脳挫傷による外傷性脳内血腫。享年五十二歳。八月、転落事故三日前に脱稿した「DECO－CHIN」が『蒐集家～異形コレクション』（光文社文庫）に発表される。十月十四日、追悼ライヴイベント〝うたっておどってさわいでくれ～RAMO REAL PARTY〟開催（大阪・なんばHatch）。故・中島らもと交友のあった、横山ノック、ムッシュかまやつ、山口冨士夫、鮎川誠&シーナ、石田長生、チチ松村、町田康、いしいしんじ、大槻ケンヂ、ひさうちみちお、松尾貴史、古田新太、宇梶剛士、山内圭哉、藤谷文子らが大挙して集まり、多くのファンとともに賑やかに故人を偲んだ。ラストは中島らものオリジナル曲「いいんだぜ」を出演者全員で熱唱!! 午後六時過ぎから始まり終演が深夜十二時をまわるという大イベントだった。十月、中島らも原作の映画「お父さんのバックドロップ」（監督／李闘士男、主演／宇梶剛士、神木隆之介）公開。本人も散髪屋のオヤジ役で出演。十月、安部譲二、柴山俊之、本上まなみらとの対談集『なれずもの』（イースト・プレス）、十二月、小説『酒気帯び車椅子』（集英社）を刊行。十二月末、㈲中島らも事務所閉所。

遺骨は二〇〇五年秋に夫人の中島美代子によって散骨された。

中島らも没後も著作は次々と刊行されている。追悼特集本文藝別冊「中島らも」（河出書房新社・二〇〇五）、らもはだ本第三弾『中島らもの誰に言うでもない、さようなら』（メディアファクトリー・二〇〇五）、絶筆となった小説『ロカ』（実業之日本社・二〇〇五）、コピーライター時代の作品集『株式会社日広エージェンシー企画課長中島裕之』（双葉社・二〇〇五）、詩集とライヴ映像の合本『中島らもロッキンフォーエヴァー』（白夜書房・二〇〇五）、短篇小説集『君はフィクション』（集英社・二〇〇六）、コント台本と笑いについての評論集『何がおかしい』（白夜書房・二〇〇六）。

文中敬称略

年譜作成＝中島らも事務所＋小堀純

協力　ガンジー石原

本書は二〇〇四年六月、ＫＫベストセラーズから刊行されたものに、特別対談を収録し、年譜を加筆訂正して文庫化したものです。

聞き部・編集協力　小堀純

取材協力　大村アトム・ガンジー石原

|著者|中島らも　1952年、兵庫県尼崎市に生まれる。大阪芸術大学放送学科を卒業。ミュージシャン。作家。主な著書に、『明るい悩み相談室』シリーズ、『僕に踏まれた町と僕が踏まれた町』『超老伝』『人体模型の夜』『白いメリーさん』『永遠も半ばを過ぎて』『アマニタ・パンセリナ』『寝ずの番』『バンド・オブ・ザ・ナイト』『らもチチ　わたしの半生　青春篇』『同・中年篇』『お父さんのバックドロップ』『空のオルゴール』『こどもの一生』『君はフィクション』などがある。『今夜、すべてのバーで』で第13回（平成4年）吉川英治文学新人賞を、『ガダラの豚』で第47回（平成6年）日本推理作家協会賞（長編部門）を受賞した。2004年7月26日、転落事故による脳挫傷などのため死去。享年52。

異人伝《いじんでん》　中島《なかじま》らものやり口《くち》
中島《なかじま》らも

2007年6月15日第1刷発行
2017年12月1日第10刷発行

講談社文庫
定価はカバーに
表示してあります

発行者——鈴木　哲
発行所——株式会社　講談社
東京都文京区音羽2-12-21　〒112-8001
電話　出版（03）5395-3510
　　　販売（03）5395-5817
　　　業務（03）5395-3615
Printed in Japan

デザイン——菊地信義
本文データ制作—講談社デジタル製作
カバー・表紙印刷—大日本印刷株式会社
本文印刷・製本—株式会社講談社

ISBN978-4-06-275762-1

講談社文庫刊行の辞

二十一世紀の到来を目睫に望みながら、われわれはいま、人類史上かつて例を見ない巨大な転換期をむかえようとしている。

世界も、日本も、激動の予兆に対する期待とおののきを内に蔵して、未知の時代に歩み入ろうとしている。このときにあたり、創業の人野間清治の「ナショナル・エデュケイター」への志を現代に甦らせようと意図して、われわれはここに古今の文芸作品はいうまでもなく、ひろく人文・社会・自然の諸科学から東西の名著を網羅する、新しい綜合文庫の発刊を決意した。

激動の転換期はまた断絶の時代である。われわれは戦後二十五年間の出版文化のありかたへの深い反省をこめて、この断絶の時代にあえて人間的な持続を求めようとする。いたずらに浮薄な商業主義のあだ花を追い求めることなく、長期にわたって良書に生命をあたえようとつとめるところにしか、今後の出版文化の真の繁栄はあり得ないと信じるからである。

同時にわれわれはこの綜合文庫の刊行を通じて、人文・社会・自然の諸科学が、結局人間の学にほかならないことを立証しようと願っている。かつて知識とは、「汝自身を知る」ことにつきていた。現代社会の瑣末な情報の氾濫のなかから、力強い知識の源泉を掘り起し、技術文明のただなかに、生きた人間の姿を復活させること。それこそわれわれの切なる希求である。

われわれは権威に盲従せず、俗流に媚びることなく、渾然一体となって日本の「草の根」をかたちづくる若く新しい世代の人々に、心をこめてこの新しい綜合文庫をおくり届けたい。それは知識の泉であるとともに感受性のふるさとであり、もっとも有機的に組織され、社会に開かれた万人のための大学をめざしている。大方の支援と協力を衷心より切望してやまない。

一九七一年七月

野間省一

鳥羽 亮 御隠居剣法〈駆込み宿 影始末(一)〉
鳥羽 亮 ねむり鬼《き》剣《けん》〈駆込み宿 影始末〉
鳥羽 亮 霞隠れの女〈駆込み宿 影始末〉
鳥羽 亮 のっとり奥坊主〈駆込み宿 影始末〉
鳥羽 亮 かげろう妖剣〈駆込み宿 影始末〉
鳥羽 亮 霞《かすみ》と飛《ひ》燕《えん》〈駆込み宿 影始末〉
鳥越 碧 漱石の妻
鳥越 碧 兄いもうと〈子規庵日記〉
鳥越 碧 花筏 谷崎潤一郎・松子 たゆたう記
東郷 隆 銃士伝
東郷 隆 定吉七番《セブン》の復活
東郷 隆 上田 信 絵 【絵解き】戦国武士の合戦心得〈歴史・時代小説ファン必携〉
東郷 隆 上田 信 絵 【絵解き】雑兵足軽たちの戦い〈歴史・時代小説ファン必携〉
東嶋和子 メロンパンの真実
戸梶圭太 アウトオブチャンバラ
東良美季 猫の神様
堂場瞬一 八月からの手紙
堂場瞬一 壊れる心〈警視庁犯罪被害者支援課〉
堂場瞬一 邪心〈警視庁犯罪被害者支援課2〉

堂場瞬一 二度泣いた少女〈警視庁犯罪被害者支援課3〉
堂場瞬一 身代わりの空(上)(下)〈警視庁犯罪被害者支援課4〉
堂場瞬一 傷
堂場瞬一 埋れた牙
土橋章宏 超高速！参勤交代
土橋章宏 超高速！参勤交代 リターンズ
戸谷洋志 Jポップで考える哲学〈自分を問い直すための15曲〉
夏樹静子 新装版 二人の夫をもつ女
中井英夫 新装版 虚無への供物(上)(下)
長井 彬 新装版 原子炉の蟹
中島らも しりとりえっせい
中島らも 今夜、すべてのバーで
中島らも 白いメリーさん
中島らも 寝ずの番
中島らも さかだち日記
中島らも バンド・オブ・ザ・ナイト
中島らも 休みの国
中島らも 異人伝 中島らものやり口
中島らも 空からぎろちん

中島らも 僕にはわからない
中島らも 中島らものたまらん人々
中島らも エキゾティカ
中島らも あの娘《こ》は石ころ
中島らも ロバに耳打ち
中島らも ロカ
中島らも編著 なにわのアホぢから
中島らもほか 輝きの一瞬〈短くて心に残る30編〉
中島らも チチ松村 らもチチ わたしの半生〈青春篇〉〈中年篇〉
鳴海 章 マルス・ブルー
鳴海 章 中《なか》継《つぎ》刑《デ》事《カ》〈捜査五係申し送りファイル〉
鳴海 章 フェイスブレイカー
鳴海 章 謀略航路
中嶋博行 違法弁護
中嶋博行 司法戦争
中嶋博行 第一級殺人弁護
中嶋博行 新装版 ホカベン ボクたちの正義
中嶋博行 新装版 検察捜査
中嶋博行 新検察捜査

2017年10月15日現在